Threads of Fate?
Well Then,
I Shall Cut
it Off.

音無砂月
Satsuki Otonashi
イラスト：iyutani
運命の番《つがい》？
ならば
その赤い糸とやら
切り捨てて
差し上げ
ましょう
Threads of Fate?
Well Then,
I Shall Cut
It Off.
TOブックス

c o n t e n t s

目次

イラスト／iyutani　デザイン／伸童舎

第一章

夫には既に運命の赤い糸で結ばれた相手がいました

一．カルディアス流の歓迎？

私の名前はエレミヤ・クルスナー。

テレイシア王国第三王女。銀色の髪と青みのかかった瞳を持ち、テレイシア王国の宝玉とまで言われている。

そんな私は今日、カルディアス王国に嫁ぐことになった。

カルディアス王国は獣人族の中で最強と言われている竜族が治める国だ。

私たちが住んでいるこの世界には大きく分けて四つの種族が存在する。

人族、獣人族、天族、魔族。

私たち人族は四つの種族の中でも一番ぜい弱だが、一番頭が良いと言われている。

獣人族は誰よりも強い腕力や脚力を持つ。本当かどうかは知らないけど、拳《こぶし》で地面を割ることもできるとか。

天族は白い翼を持ち、癒《いや》しの力で怪我や病気を治す。

医術者にはこの天族が多い。ただし、全ての怪我や病気を治せる訳ではない。治せるかどうかは相手の体力と天族の力量次第。

癒しの力で回復力を無理やり上げるので相手の体力がその途中で力尽きたら助からない。諸刃《もろは》の剣のような力だ。

最後に魔族。魔族は魔力を持ち、魔法が使える人族のことをいう。

因《ちな》みに私は人族だ。

私は三か月かけてカルディアス王国へ来た。

今まで私のお世話をしてくれた使用人や護衛は、私をカルディアスへ送り届けたらお別れだ。

嫁いだらその国の人間になりますという意味も含めて使用人は一人も連れてこないのが常識なのだ。

カルディアスに着いた私を出迎えてくれたのは黒い髪を後ろに撫でつけ、眉間《みけん》にしわを寄せているる不機嫌そうな顔がデフォルトの男だ。

黒い服に腰に剣を下げていることから騎士だろう。後ろにも数名、同じような恰好をしている人がいる。

正妃として嫁いできた私を迎える人間がこの程度？　と疑問を持たない訳でもないけど、それがこの国のしきたりなのかもしれないし、何か事情があるのかもしれない。

私を送り届けてくれた使用人や護衛の人も少し不安げな顔をしていたので、私は彼らを安心させるように微笑む。

「ここでお別れですね。長い間、お世話になりました」

「姫様」

涙ぐむ侍女を私は優しく抱きしめる。

「今までありがとう」

「どうか、お幸せに」

「姫様、あなた様に仕えられて光栄でした。どうか健やかに」

護衛が目を潤《うる》ませながら言ってくれた。

「申し訳ありませんが、お時間が押しているので」

私を迎えに来た黒髪が私と使用人たちの別れを惜しむ時間に水をさす。ゆっくりとお別れもさせてくれないなんてと少し不満に思うが、向こうにも事情があるのかもしれないし、仕方がない。

「みんな、元気でね」という言葉を最後に私は彼らと別れた。

「近衛の騎士団長を務めさせていただいています、クルト・ワイル・クリーンバーグです」

みんなと別れた後、黒髪が自己紹介をしてくれた。

「近衛騎士団長？　その若さで？」

近衛は王族の護衛を務める騎士の総称。エリート様だ。その団長ともなれば経験豊富な年配の者が務めるのが普通。しかし、目の前の男はどう見ても三十代だ。

「誠に光栄ながら、陛下より賜《たまわ》っております」

本当に光栄と思っているのか怪しいぐらい不機嫌な顔で言われてしまった。

「エレミヤ・クルスナーです。これからよろしくね」

「どうぞ、馬車へ」

貴族階級の男として女性のエスコートには慣れているようですんなりと手を貸してくれたので、私は彼の手を取って馬車に乗り込む。

「ところで、クルト。聞きたいことがあるのだけど」

馬車が動き出して少ししてから、私は馬で馬車と並走する彼に声をかける。

「何でしょうか？」

「正妃となる私の出迎えにしては随分《ずいぶん》と少人数に思えるのよね。何か理由でもあるのかしら？」

私の言葉にクルトは初めて表情を動かした。どうやら彼の表情筋は死んではいなかったようだ。

「あなたは確かに我が国の正妃です。ですが、番《つがい》でもないあなたを大勢で歓迎する必要はありません」

「……」

嘲り交じりにクルトが吐いた言葉に私は一瞬何を言われたか分からなかった。

「番」とは獣人族だけが持つ特別な風習だ。

獣人族は番と呼ばれる、人族の言葉で言うのなら運命の赤い糸で結ばれた相手がいる。彼らは物心つく頃からその相手を本能が渇望《かつぼう》する。見つけたのならどこまでも大切にするとか。

ただ、何十億人もいるこの世界で一人の番を見つけることは難しく、殆《ほとん》どの獣人族が番に会えずに一生を送るのだそうだ。

王侯貴族の場合は特に家や国の為の婚姻をしなければいけないので、仮に番を見つけても相手の身分によっては婚姻できないらしい。

「私はテレイシア王国の王女よ。あなたの国とは対等の婚礼を結びます。口を慎《つつし》みなさい」

とても不快だ。

まさか嫁いですぐにそんな話を聞くことになるとは思わなかった。

初日からあまり怒りたくないので、私は会話を拒むという意思表示で馬車の窓をぴしゃりと閉じた。

◇◇◇

王城に着いた。

先程のクルトの言葉を表現するように閑散《かんさん》とした城門。

その城門の前に肩までの黒い髪を上に結い上げた端整《たんせい》な顔立ちの青年が立っていた。

銀縁のメガネをかけた神経質そうな男は、馬車から降りた私を見て恭《うやうや》しく頭を垂れる。

「ようこそお越しくださいました。私は宰相のフォンティーヌ・ゴーギャンです。以後お見知りおきを」

クルトと同じで随分と若い宰相だ。

先程のクルトの態度を考えると不安しかない。

けれど一国の王女、そしてこれからこの国の王妃としてやっていかなければならない私が不安そうな顔をする訳にはいかない。

王族は決して人前で弱みを見せてはいけないのだ。

私は不安を隠してフォンティーヌに笑顔を向ける。

「エレミヤ・クルスナーよ。これからよろしくね」

無愛想なクルトと違ってフォンティーヌはにこりと私に笑顔を向けてきた。

自分の顔の魅力を理解したうえで使っているような笑顔だ。彼とは狸《たぬき》と狐の化かし合いになりそうだ。

「長旅でお疲れでしょう。お部屋へご案内いたします」

「それよりもまず陛下に挨拶《あいさつ》がしたいのだけど」

「申し訳ありません。陛下は執務《しつむ》が立て込んでおりまして」

「……そう」

腑《ふ》に落ちないが、ここは大人しく引いておこう。最初から飛ばしすぎるのも良くない。

まずはよく観察して、相手の出方やタイプを理解してから動いた方が良い。それまでは大人しいだけの王女を演じよう。その方が相手も油断してくれるし、いざという時動きやすい。

「……」

「こちらは今日から殿下のお部屋になります」

笑顔でさらりと言うフォンティーヌの横っ面を殴り飛ばしそうになったが、長年の王女教育の賜物で何とか堪える。

私は笑顔を張り付けたままフォンティーヌを見る。

「私の勘違いかしら。宰相様」

「どうぞ、フォンティーヌとお呼びください」

男に相応しい言葉ではないけど、彼は妖艶《ようえん》な笑みを浮かべて言う。

私を籠絡《ろうらく》させる気かしら。ちょっとだけ、頬が火照《ほて》ってしまった。だって周囲には彼みたいなタイプはいなかったから。だからって、絆《ほだ》されたりはしないけど。

それにしてもこの国はよく分からないわね。

「では、フォンティーヌ。私の勘違いでなければここは別館ね」

「はい、そうです」

「婚姻式が終わるまでは別館の客間で過ごすという認識で良いのかしら？」

「いいえ。今日からこちらがあなた様のお部屋です。殿下」

「っ」

何という侮辱《ぶじょく》か。

怒鳴りそうになるのを必死に堪え、私は更に続ける。

「私は正妻として、王妃としてここへ嫁いだつもりよ。使者として赴《おもむ》いた訳ではないわ」

「存じております」

彼は変わらず笑顔のままだ。普通の娘なら彼の笑顔ですぐに落ちるだろう。でも、私には何を考えているか分からない薄気味悪い笑顔にしか見えなかった。

「なぜ私の部屋は後宮にないのかしら。それに客間だなんて。正妻の寝室はこの国にはないのかしら？」

「生憎《あいにく》、そちらは埋まっております」

「は？」

訳が分からない。理解の範疇《はんちゅう》を超えて知恵熱を発症しそうだ。

「陛下の番様が使っております」

獣人族には番がいるのは知っている。一生のうちに会える獣人族は稀《まれ》だとも、会えたのならその番を何よりも大事にすることも本能で愛することも知識として知っている。

だからここは仕方がないと割り切るところでもあるのかもしれない。でも、政治的思惑から結ばれた婚姻だ。それではすまされない。

「番様が後宮を使うことを望まれました」

「陛下はそれを許したのね」

私の言葉にほんの一瞬だけどフォンティーヌから嫌悪の感情が読み取れた。それはすぐに笑顔というヴェールで隠されてしまったけれど。

何に対する嫌悪かしら？

先程の会話の登場人物は三人。陛下と番。そして指摘する私。誰に対する嫌悪？

これは早急に敵と味方の区別をつけた方が良い。

「なぜ番と結婚しないの？」

「番様は現在、公爵《こうしゃく》家の養子になっているので身分は公爵令嬢ですが元は平民です。周囲の貴族が彼女を王妃として迎えることを反発しました。それに帝国のこともありますから」

「当然ね。それでも彼女が後宮を使うことまでは止められなかった？」

「……」

「ねぇ、フォンティーヌ。番様は一体誰の養女になったのかしら？」

「ブラッドリー・ジュンティーレ公爵の養女です」

「そう。ありがとう」

ブラッドリー・ジュンティーレ。この国の摂政《せっしょう》。

お姉様の情報によると実質的な王はジュンティーレ公爵。この国の王は傀儡《くぐつ》。

公爵を何とかすればこちらもお姉様の思惑通りに動けそうね。問題はどうすべきかよね。

公爵のおかげでこの国は王族よりも貴族の力の方が強い。まずは貴族を味方につけなくては。

◇◇◇

「専属侍女のカルラです」

水色の髪をハーフアップにした女性が一礼する。

「エウロカエルです。エウロカとお呼びください。殿下」

風が吹けば飛ぶようなくすんだ金髪の女性が一礼する。

「ヘルマです。殿下」

部屋に入ってまず最初に私の専属侍女を紹介された。たった三人だけの侍女だ。ふざけている。

しかもエウロカはジュンティーレ公爵の正妻。

けれど警戒すべき侍女は全員と考えた方が良いだろう。きっとジュンティーレ公爵が用意した侍女だろうから。

「エレミヤ・クルスナーよ。よろしくね。それにしても随分と少ないのね」

私の言葉に侍女三人は追及を逃れようと視線を逸らす。

「これは陛下の采配《さいはい》です。異を唱えない方が御身の為かと」

代わりに答えたのは侍女の紹介まで手を回してくれたフォンティーヌだった。

「そう」

「それとお食事はお部屋に運ばせていただきますね。長旅でお疲れでしょうし、暫《しばら》くは慣れるまで大変でしょうから食事はお部屋に運ばせていただきます」

「それも陛下の計らいかしら?」

私の言葉にフォンティーヌは何も言わなかった。けれど深められた笑顔が全てを物語っていた。

「そう。素晴らしい計らいね。最初からここまで過保護にされると私、甘すぎて胸焼けを起こしてしまいそうだわ」

ふざけている。どこまでも、馬鹿にして。

政治というものをまるで理解していない愚王《ぐおう》。お姉様の言う通りね。

「今日はありがとう。明日からよろしくね」

疲れたから私はこのまま休むことにした。

侍女三人とフォンティーヌは私に一礼して部屋を出ていった。三人を見送ってから私は窓辺の椅子に腰かけて情報を整理する。

まずクルトは間違いなく王側の人間。ただどうも常識知らずの馬鹿みたいだから派閥とかは関係ないだろう。番がいるのに番ではない女を正妻に迎えないといけない陛下を哀れに思い、そのことから私を敵視しているだけだ。

竜族というのは元々頭はあまり良くない。力で全てが解決できてしまうから、物事を深く考えることを放棄した結果だと揶揄《やゆ》されている。彼はその典型だろう。

問題はフォンティーヌ。彼は立場がよく分からない。私の味方ではないけど、敵でもない感じがした。

次に侍女三人だ。全員が公爵の息がかかっているとは考えにくい。

普通に考えて公爵の正妻であるエウロカが怪しいけど、仮にも摂政を務めている男がそんな分かりやすい駒《こま》を使うだろうか。

それとも女は政治に関わらないから馬鹿だと思っている、馬鹿な男の脳みそを持ったうえでそんな駒を使っているのか。

ここで考えても答えは出ない。常に身近にいる侍女にスパイがいるといろいろとやりづらい。すぐにあぶり出しをしなければ。

取り敢えず定時連絡をテレイシア王国にして今日は休んだ。

◇◇◇

翌朝、食事は自室で摂った。

慣れるまではという陛下の計らいで。よほど、私を食堂へ行かせたくないのだろう。

番と陛下は食堂で仲良く食事をしているという話は侍女から聞き出した。

私はカルラに淹れてもらった食後のお茶を味わいながらこれからのことを考える。

地盤固めとしてお茶会を開くのは必要だろう。

それと番とも会ってみたい。どういうタイプか把握しておく必要もある。願わくば御《ぎょ》しやすい者であるように。

「陛下に挨拶がしたいのだけど。昨日は陛下が忙しくて挨拶できなかったから」

「確認してまいります」

エウロカが確認し部屋を出ていった。それからすぐに戻ってきて彼女は申し訳なさそうに言う。

「申し訳ありません。陛下は忙しく、時間が取れないそうです」

「そう」

つまり会う気はないと。

婚姻式は一週間後。それまでに一度くらいは顔合わせがあるだろうと思った。ところが私の認識は甘かった。

陛下は結局、婚姻式まで姿を見せなかった。

婚姻式で会った彼は金色の髪にコバルトブルーの瞳をしていて、とても女性受けしそうな優男《やさおとこ》の印象だった。そんな彼は終始不機嫌顔。

婚姻式も形ばかりで、誓いのキスすらしなかった。

別に何の問題もない。私はここに夫となった男を愛しに来た訳でも手を組んで国を良くする為に来た訳でもない。

帝国と対等になる為にお姉様の命令でカルディアスを手に入れる為に来たのだ。

今はお姉様の策略や、テレイシアの王族が持つ暗部の活躍により帝国と渡り合うことに成功している。でもそれだって綱渡りのような状態。

そこから脱却する為にもカルディアスの武力が欲しい。幸い、番に夢中の王に不満を抱いている臣下や民だっている。今の王を引きずり下ろし、カルディアスを手に入れるのはそう難しいことではないだろう。

カルディアスを手に入れられたらきっとお姉様は私を認めてくれる。私だって、お姉様の役に立つことができる。それを証明してみせる。

◇◇◇

『エレミヤ。そなた、人形遊びに興じる気はないか？』

『人形遊び、ですか？』

テレイシアの女王である姉、スーリヤが唐突に人を呼び出すのは珍しいことではない。だから特に警戒もせずに謁見《えっけん》室に行けば、唐突にそんなことを言われてしまった。

『舞台はカルディアス王国』

スーリヤは私に一枚の絵姿を見せた。それがカルディアス王国国王、カルヴァンであるのは言われなくても分かった。

『あそこの武力が欲しいわ。幾ら私でも帝国に勝ち続けることは不可能だし、他にも油断できない国はあるし』

つまりこれは政略結婚しろということだろうか。一国の王女として生まれた以上覚悟はしていた。そのことに対して何か思うことはない。

『現在の王はジュンティーレ公爵の傀儡だそうよ。私も夜会などで何度か見かけたけど、愚鈍も良いところね。力だけはある無能も力を誇示する臣下も必要ない。欲しいのはカルディアス王国の武力のみ』

スーリヤの言わんとしていることが何となく分かって、背筋に嫌な汗が伝う。

『カルディアスを手に入れてきて。手段は問わない。そなたの夫となる男の始末ぐらいは引き受けてあげる。でも、もし失敗したらそなたに未来はない。当然であろう』

妖艶な笑みを浮かべてスーリヤは続ける。

『王妃となって国を乗っ取る。立派な裏切り行為なのだから』

『っ』

私はスーリヤを見つめる。私に拒否権はない。これは決定事項。そして失敗したらテレイシアが不利益を被らないように始末される。

『これをあげよう。結婚の祝いだ』

そして渡されたのは懐刀《ふところがたな》。これは護身用ではない。万が一の場合はテレイシアに害が及ぶ前に腹を切れという無言のメッセージだ。

『とても危険な任務だ。だがそなたなら成し遂げると信じよう』

『有難く頂戴いたします』

私はスーリヤから懐刀を受け取った。これで成功すればスーリヤは認めてくれるだろうか。よくやったと、さすが私の妹だと褒《ほ》めてくれるだろうか。

カルヴァン陛下がどのような人かは知らない。姉に任された任務を考えると不可能だというのは分かっている。それでも私にとって初めての結婚。初めての伴侶《はんりょ》。優しい人だったら良いな。

二．愚王との新婚生活

婚姻式が終わっても陛下が私の部屋に訪れることはなかった。使用人も用がなければ私の部屋に訪れることはない。

一国の王妃を放置しているのだ。

だから私はこの状況を利用することにした。

私が一番気にしているのは陛下の番。名前はユミル。彼女は元平民で、竜族の国に住む人族。

様々な国に行き来が可能であり、また獣人は番を自分の国に連れて帰り婚姻をすることから、竜族の国と呼ばれているカルディアス王国には様々な種族が住んでいる。

私は使用人に体調が悪いから休む旨と誰も入らないように指示をした。そして、とある筋から手に入れたメイド服を着る。

髪は銀色では目立つので一般的な茶髪のカツラで隠す。

化粧で顔を地味に見せるようにする。

ドアからは出られないので窓から出る。ちょっと高いけど、木を伝って隣の部屋に行くのは可能だ。

「よし」

周りに人がいないことを確認して私は部屋を飛び降りた。階下まで下りてから空いている窓から王宮内に戻る。

手に入れた情報を元に私はユミルの部屋を目指す。

部屋から出てきた侍女と入れ違うように私は部屋に入った。部屋に入ってきた私に誰も目もくれない。警戒もしない。ここは人の出入りが多いようだ。

「これも良いわね。やっぱり、こっちかしら。ねぇ。カルヴァンはどれが良いと思う？」

「全て買えばいい。どれも君に似合う」

「嬉しいわ。ありがとう、カルヴァン。だぁいすき」

そう言ってユミルは陛下に抱き着く。

陛下の緩み切った顔の何とも情けないこと。

どうやらショッピング中のようだ。たくさんの商人によってたくさんの服やドレスが部屋に並べられている。

どれも簡単に買えるものではない。

貴族がお茶会やパーティの時にだけ仕立てるドレスを毎日のように買っているのだとすれば、すぐにでもこの国の国費は火の車になるだろう。

「陛下っ！」

ノックと同時に鬼の形相をしたフォンティーヌがユミルの部屋に入って来た。

「執務もせずに何をしているのですか」

フォンティーヌは部屋に並べられた商品を見て眉間の皴《しわ》を更に深めた。汚らわしいものでも見るようにユミルを見る。

「また、お買いものですか」

低く唸《うな》るような声でフォンティーヌが言う。

けれど、ユミルは気にしない。平民から貴族になり、好き放題しているだけはある。なかなか図太い神経の持ち主だ。

「ええ。平民の私が安っぽいものを身に付けて陛下の恥になる訳にはいかないもの」

「そんな心配はしなくても良い。お前がお前であればいいんだ」

甘くとろける顔をしてカルヴァンはユミルの頭を撫でる。

ユミルは嬉しそうにカルヴァンに寄り添う。けれどすぐにその顔に憂《うれ》いが浮かぶ。

「カルヴァン、王妃様を迎えたのでしょう。テレイシアのお姫様で、とても綺麗なのでしょう。きっと美しいドレスや宝石をたくさん持っているのでしょうね。私なんかとは比べものにならない程。だから、みんなに綺麗って言われるのでしょうね」

つまり私が綺麗なのはドレスや宝石のおかげで、決して容姿のことではないと言いたいのだろう。

成程。こうやって私の知らないところで私は貶《おとし》められていくのね。

「妃殿下は容姿も内面もとても美しい方です。ご自身の立場もよく弁え、義務に対して誠実な方。どなたかのように何かを強請《ねだ》ることもありませんし」

ぎろりとフォンティーヌが商人を睨むと、商人たちは気まずそうに視線を逸らした。

隠すことのない嫌味に、けれどユミルは気づかない。

「私と違って買わなくてもたくさん持っているのね」

そういうことを言いたかった訳じゃないとフォンティーヌの顔が言っている。

「今は大人しいだけだろう。そのうちすぐに化けの皮が剥《は》がれるさ」

カルヴァンは吐き捨てるように言う。

商人の前だということを彼は忘れているのだろうか。

下手な貴族や情報屋よりも情報を持っている彼ら。彼らによって広められる情報だってある。そんな彼らの前で私を貶める発言をするなど。

きっとフォンティーヌは後で彼らに口止め料を払うことになるだろう。

「ねぇ、フォンティーヌ。見て、綺麗でしょう」

ユミルはカルヴァンから離れて一番気に入ったと思われるドレスを自分に当てて嬉しそうに近づく。

「どう？　似合う？」

コロコロ笑うユミルにフォンティーヌは目もくれない。

ユミルがフォンティーヌに近づくのが気に入らないのか、カルヴァンは不機嫌な顔をしてユミルの腰を抱く。それ以上近づくことを許さないとカルヴァンがフォンティーヌを牽制《けんせい》する。

獣人族は独占欲が強い。中でも竜族が一番強いと言われている。

フォンティーヌはカルヴァンの牽制をとても煩わしそうに無視をする。

「国費は国を運営する為に使われるもの。そのお金がどこから出ているかご存じですか？」

フォンティーヌがユミルに問うと、ユミルはきょとんした顔をしている。こういう顔も可愛いから男はきゅっところっとやられるんでしょうね。

「国民が働いて稼いだ金です。あなたの贅沢《ぜいたく》に使われていいものではありません」

「贅沢だなんて、そんなぁ」

ユミルは傷ついた顔をする。それに怒ったカルヴァンがフォンティーヌに掴みかかろうとするがフォンティーヌはあっさり避ける。

商人たちは巻き込まれてはたまらないとばかりに片づけを始めている。

「衣裳部屋におさまりきらない程のドレスは必要ありません。宝石もです。あなたは妃殿下と違って公務などないのですから。ただ、陛下の寵愛《ちょうあい》を受けて、怠惰《たいだ》に暮らしていればいい」

「ひどい」

「フォンティーヌ、いくらお前でも俺の番を侮辱することは許さないぞ」

「なら投獄しますか？　それとも処刑しますか？」

「っ」

できるはずがないと私はことの成り行きを見ながら思っていた。

今、フォンティーヌを失えば執務が滞る。それに、貴族との軋轢《あつれき》を緩和しているのはフォンティーヌだ。彼らはカルヴァンについているというよりも、フォンティーヌの顔を立てて仕方がなく我慢しているだけにすぎない。

彼がそこまで分かっているかは分からないけど、少なくとも執務に支障が出ることぐらいは分かっているのだろう。

その証拠に彼は苦虫を噛み潰したような顔でフォンティーヌを見ている。

今回の買いものは全て返却となった。

番に割り当てられた費用がある。その費用からかなりオーバーしている為だ。

ユミルは「じゃあ、エレミヤ様の費用を使えばいいじゃない」と言っていた。

この発言に商人は青ざめ、フォンティーヌは一瞬だけど思考が完全に停止していた。当事者ではあるけど今は侍女として潜入しているので第三者の視点で観させてもらうとこのバカ女が自滅していく様がとても面白い。

「私よりもお金持ってるんでしょう。だったらいいじゃない」

「そうだな」

とあっさり頷《うなず》く陛下。

フォンティーヌの額には青筋が幾《いく》つもできている。

いつか血管が切れるんじゃないか。

「良くありません！　それは横領です。それと、『エレミヤ様』ではなく『妃殿下』もしくは『王妃様』とお呼びください。番様、妃殿下はあなたが気安く名前を呼んでいい相手ではありません」

「どうしてよ。私はカルヴァンの番なのよ」

ユミルの言葉をフォンティーヌは忌々《いまいま》しそうに聞いている。よほど彼女が番であることが気に入らないようだ。分からなくもないけど。私が彼の立場ならさっさと切り捨てているもの。

「関係ありません。妃殿下はあなたよりも上の地位にいます。そこに陛下の寵愛も番も関係ありません。妃殿下はわが国の国益となる方です」

言外にユミルは国益とならないとフォンティーヌは言う。残念ながら彼女には通じていなかったようだけど。予想の範囲内だろう。

「妃殿下には番様と違って公務が存在します。その為に必要なものを買っていただく為の公費が必要です。妃殿下が公費でする買いものは娯楽《ごらく》ではないのです」

そう言ってフォンティーヌは出ていった。

出ていく途中、部下に私に割り当てている費用の管理を徹底させるように指示していた。王やユミルが勝手に使うことを危惧《きぐ》しているのだ。

私はその方が好都合だけど。

フォンティーヌの部下に案内されるようにそそくさと部屋を出ていく商人を見る。彼らは使える。

「折角のカルヴァンのプレゼントが」

と、ユミルは泣いていた。そんな彼女を陛下は痛ましそうに慰《なぐさ》めている。何とも平和なことだ。

陛下は暫くユミルと過ごしていたけど、戻ってきたフォンティーヌに無理やり連れていかれ、執務に戻った。

陛下がいなくなった途端、ユミルは涙を引っ込めた。分かっていたけど、やっぱり嘘泣きだった。

王侯貴族なら人の機微には敏感になるし、演技を見抜く力だって必要になるけど陛下にはその力が皆無のようだ。これで外交ができるのだろうか。良いように使われるだけじゃないか。まぁ、そこはフォンティーヌやその部下がフォローしているのだろう。

三．戦闘開始

私はまず自分が懇意《こんい》にしている商人にユミルと陛下の様子に関して噂を流させた。

商人はいろんなところを回っている。

だから私がテレイシアで懇意にしていた商人がこの国にいてもおかしくはないのだ。

ただ私が懇意にしている商人がそういうことを専門にしている国お抱えのエージェントだったというだけ。

王族ならそういう商人を抱えていてもおかしくはない。

そして、実際にユミルと陛下に会ったことのある商人がその噂に乗っかる。

幾らフォンティーヌが口止めをしても無理だ。商人は損得で動く。そしていろんな人と会い、駆け引きをする商人には先見の明《めい》があるし、人を見る目もある。

彼らはこのままではこの国がヤバいことを察し、手を引く算段を立てているかもしれない。

そんな時、テレイシアのお抱え商人がユミルと陛下の噂を流していたら？

一般人には分からなくても、独自のルートを持っている商人は噂を流している商人の正体ぐらいは察しているだろう。

商人たちは考える。自分たちも噂に乗っかってテレイシアに恩を売るのも悪くはないと。この程度で恩などとおこがましいが、それでも繋がりを持つきっかけになるかもしれないと。

その結果、噂は急速に広まった。


～とある主婦たちの井戸端会議～


「いいわねぇ、王様たちは贅沢ばかりで。私たちは汗水たらして働いたって一生買えないものをあっさりと買って。良いご身分だよ」

「本当だよねぇ。私らのお金だっていうのに」

「もしこれで税金が上がったら」

「私らは王様と番様の贅沢の為に働いているって証明しているようなものだね」

「こっちはいつも家計は火の車だっていうのに。税金さえなかったら貯蓄だってできるし、もう少し余裕のある生活ができるのに。王様たちみたいな贅沢な生活じゃないにしてもさ」

～酒場の飲んだくれども～


「聞いたか」

ビールジョッキを片手に顔を真っ赤にした男が飲み仲間に叫ぶように言う。

「陛下と番様の噂」

「ああ、聞いたぜ」

答えた男はビールの追加を要求しながらつまみを貪る。こっちも顔が真っ赤になっている。

すでに出来上がっている状態だ。

「俺たちの金を何だと思ってやがる」

「どんなに働いたって全部、番様のドレスやら宝石やらに変わっちまうなら働く意味なんかねぇな」

「いっそのこと全員で納税を止めちまうか」

がははと冗談交じりに隣の席で飲んでいた男が言う。

冗談ではあるが本気でそれも悪くはないと思ってしまうのが現状だ。そんなことをすれば当然、脱税の罪で投獄《とうごく》されるが。

それなら自分たちの税金で働きもせずに遊んでいる王侯貴族は、なぜ罪に問われないんだと不満が吐出する。

「そういやぁ、テレイシアから王女様が嫁いできたんだろ？　その方はどうなんだ？　番様と陛下の関係なんて当然、看過できるものじゃないだろう」

ふと思い出したように店主が言う。

「何でも冷遇されているとか。王妃様なのに、客間で過ごしているとか。番様が王妃宮で過ごしているんだってよ」

「へぇ。そいつは酷い話だねぇ」

「でも、そんなことがテレイシア側にバレたら即戦争なんじゃないのか？　あそことは友好的な関係を今まで築いてきたのに、今の御代で壊れるかもな」

「冗談じゃないよ。ただでさえ、帝国がいつうちに戦争をふっかけてくるかも分からないのに。テレイシアとの結婚だって帝国に備えてだろう。王様は何を考えているんだい」

酒の混じった男たちの冗談交じりの話にだんっと追加のビールを置きながら店主の妻が怒る。

少しずつ、けれど確実に民たちの中で不安が広がっていた。

帝国だけではなくテレイシアとも戦争になるかもしれないと。

◇◇◇

「くそっ」

侍女の変装をしてユミルの言いつけ通りのものを持って部屋に向かっている途中で、目に濃い隈《くま》を作ったフォンティーヌとすれ違う。

城下で流れている噂の火消しに奔走《ほんそう》しているようだ。

「全てはテレイシアの為。お姉様に認めてもらう為に私はお姉様の望みを叶える」

国の為、陛下の為に宰相としての責務を果たそうとするフォンティーヌを見ると罪悪感が湧いてくる。私はそれに気づかないふりをしてユミルの部屋に入る。

「ちょっと、いつまで待たせる気。このノロマ」

当の本人は全く呑気《のんき》なものだと思う。

「申し訳ありません」

「あなたって地味で、気もきかない。仕事もできないなんて将来はおひとり様決定ね」

そう言ってきゃははと笑うユミル。

私は「そうかもしれませんね」と笑いながら何て醜《みにく》い性根だろうと内心呟く。

ユミルも陛下も馬鹿でどうしようもない下種《げす》で良かった。だって、これなら躊躇《ちゅうちょ》する必要もないし、良心も痛まないもの。

だから私は笑みを深くする。

楽しみね、ユミル。これから待ち受ける未来がとても楽しみだわ。

◇◇◇

私は侍女の格好をしながらいろんなところに出入りをした。例えば、お掃除をするふりをして財務大臣の部屋とか。

竜族って馬鹿が多いのか。それとも類は友を呼ぶという法則の元陛下の元に馬鹿が集まったのか。嫌だわ。一匹いたら百匹はいると思えと言われている生物みたいにこの城にはわんさかいるのね。

自分の部屋を掃除する侍女の顔ぐらい覚えておけばいいのに。私もお姉様も自分の身の回りを任せている人間の顔や特徴は全て記憶している。

だって私みたいに成りすました人間がいるかもしれないから。

「それにしてもこの国、不正だらけね。一体、国税を何だと思っているのかしら」

私は財務大臣の部屋で見つけた裏帳簿をフォンティーヌの部屋にこっそりと置いておいた。

この国を手に入れる前に不要な芽は予《あらかじ》め摘んでおいた方がお姉様にも喜ばれるだろう。

そしてフォンティーヌは狩人にはもってこいの人間だ。

これはあくまでも自分の為。決して私のせいで睡眠不足でやつれた顔をしているフォンティーヌに罪悪感を抱いて少し手伝おうと思った訳ではない。

それにしても彼を見るとよく思う。正直者が馬鹿を見るとはこのことだと。

真面目に生きている人間が馬鹿を見る国なんて最悪よね。陛下はそのことに全く気付いてはいないようだけど。

商人の方にも手を回して城に来ないようにしよう。王宮御用達だけあって良い品を扱う商人ばかりだから代わりの客はこちらで用意すればいい。

四．夫と対峙

婚姻式から暫くして、私はいつも通り一人の朝を迎えた。そう、一人だ。

結婚初夜、彼は来なかった。来ないという知らせもなかったので私は寝ずに彼を待つことになった。何て気が利かない男だ。

寝不足のせいで気分が悪いので朝食はお茶だけもらった。

そろそろ王妃として陛下に会ってもいいんじゃないかと思う。

「ねぇ、陛下に会いたいのだけど」

「申し訳ありません、陛下は忙しくて」

視線を向けたエウロカからはお決まりの言葉が出てくる。

「そう。愛人と会う時間はあっても正妃と会う時間はないのね」

「愛人だなんて！」

私の言葉にヘルマが反応した。視線を向けると彼女からは怒りの感情がひしひしと伝わってくる。

「ユミル様は陛下の番です！　陛下の唯一無二の存在です。そのようなお言葉は慎んでください」

番は王妃よりも格上だと思っているのだろうか。名前を呼ぶことさえ許されないなんて何様。

それにしてもヘルマは番を名前で呼べる仲なのね。確かに宰相も他の侍女も「番様」と言うだけで名前呼びはしていなかった。

独占欲の強い獣人族の中には、自分以外の者が番の名前を口にするだけでも許さない獣人族がいると聞いたことがある。まぁ、番が名前呼びを許したら仕方がなく許可するとも聞くけど。

そして竜族は獣人族の中でも独占欲が強いと聞く。早くもヘルマがボロを出したと考えてもいいのかしら。

「ヘルマ、あなたこそ口を慎みなさい。誰に歯向かっているのか分かっているの？」

威圧するように言えば、ヘルマは僅かに後ずさる。

「愛人でなければ側室ね。ヘルマ、他の侍女たちも肝に銘じておくことね。あなた方が陛下に命令されて仕えることになった主人はこの国の王妃よ」

「っ」

ヘルマは悔し気に唇を噛み締めた。

カルラは瞠目をして、エウロカはヘルマの無礼を謝罪した。彼女が侍女の中で一番上だものね。統括する立場にいるのだろう。

観察する限り、エウロカが指示を出しているようだし。

◇◇◇

侍女たちを下がらせた後、私は貴族の勢力図を確認しながらお茶会に招待するメンバーに手紙を書いていた。

すると、ドタバタと騒がしい足音が三人分聞こえてきた。

「いけません、陛下。王妃殿下の部屋を訪ねる前には先触れを出さなくては。王妃殿下に対して失礼に当たります」

「うるさい！　ここは俺の城だ。なぜ許可などいるんだ」

最初に聞こえたのはフォンティーヌの声。次に聞こえたのは初めて聞くけど内容からして陛下だろう。

私の前で止まった三人分の足音。

バンッと荒々しくノックもなしに開けられた扉。真っ先に入ってきたのは婚姻式で初めて会った夫カルヴァン。

右横に顔を真っ青にしたフォンティーヌ。左横には私が嫁いできて以来姿を見ていなかったクルトがいた。

「ご機嫌よう、陛下」

私は立ち上がり、礼儀に則った礼を執る。

「陛下っ！」

挨拶もせずにズカズカと私の前まで来る陛下にクルトは黙って従い、フォンティーヌは切羽詰まった様子で私と陛下の間に立つ。

「どけ、フォンティーヌ」

「できません」

「これは命令だ！」

「承服できません。陛下、まず落ち着いてください。今、あなたの目の前にいるのはあなたの妻であり、テレイシアの王女です」

「俺の妻はユミル、ただ一人だ」

「陛下っ！」

フォンティーヌが陛下の言葉を咎《とが》めるが、彼は言い直す気はないらしい。

このままでは埒《らち》が明かない。

「構いませんわ、フォンティーヌ。陛下は私に用事があるのでしょ。私も陛下に用事があります」

私の言葉で渋々ではあるがフォンティーヌは体を横にずらした。

それでもすぐに対処できる位置取りはしている。

余程、陛下が私に何かすると思っているのでしょうね。

陛下は私に暴力でも振るう気かしら？

そうなれば国際問題ね。今までの態度だけでも十分、国際問題に発展しかねないけど。

でも大丈夫よ、フォンティーヌ。すぐに国際問題にしたりはしないから。

まだ国内の掌握ができていないもの。

「早速おねだりか？」

何を勘違いしているのか陛下から訳の分からない言葉が飛んできた。

私が首を傾げると陛下は私を鼻で笑った。馬鹿に馬鹿にされるというのはかなりイラつくものね。

「それで、一体何が欲しいんだ？　宝石か？　ドレスか？」

おねだりとはそういうことか。勘違いも甚《はなは》だしいことだ。

「そのような珍妙《ちんみょう》なドレスまで用意せずとも王妃用の予算がある。そこから好きなだけ使えばいいだろう。俺はお前のように遠回しにおねだりをする女が大嫌いだ」

勝手に思い込んで勝手に決めつけて。これが一国の王か。

お姉様の言う通りね。先が見えるわ。

「これは我が国のドレス……民族衣装です」

私のドレスは左右に分かれている襟を前で合わせているもの。

一体型ですとんと落ちるようなこの国のドレスとは違い、帯と呼ぶ太めの布を腰に巻いているし、露出度もあまりない。

「この国の王妃になったのだから、自国のものは全て捨て、この国に染まるのが道理だろう」

礼儀知らずに道理を問われる筋合いはない。

それに何が王妃だ。後宮にも入れず、王妃の寝室も使えず、初夜すら迎えていないのに。

「お互いの国の文化を尊重するのも婚姻の目的の一つではありませんか？」

「それ程までに自国が好きならカルディアスに来なければ良かったんだ」

「陛下っ！」

フォンティーヌに咎められ、カルヴァンは不貞腐れた子供のようにそっぽを向く。

この人相手では本当に疲れる。

「陛下、お茶をどうぞ」

カルラに淹れてもらったお茶とついでに席を勧める。

さっさと用件をすませて帰ってもらおう。

「貴様の淹れた茶が飲めるか。何が入っているかも分からないのに」

あー、もう。めんどくさい男ね。

「貴様には分からないだろうがな、王になるべくして生まれた俺には常に暗殺の危険がある。容易く人を信用したりはしない」

その割には無防備みたいだけど。


『そなたが嫁ぐカルディアスの王はとても哀れな男よ。力も知能もない故に貴族共の玩具になることでしか己の身を守れなんだ。哀れな人形。だが、余は人形遊びは好かん』


そう言って微笑んだのは一番上の姉。

傀儡であるが故の無防備さなのかもしれない。

「そうですか。それは配慮が足りませんでした。私は何分、幼い頃から毒には慣らされておりますので気に留めていませんでしたが、そのような環境で育っていなければ確かに陛下には危のうございますね。以後気をつけます」

普通の王族なら命の危険がある為に幼い頃から毒には慣らされる。

たとえスペアと呼ばれる二番目から下の子供であっても。

でもそんな私の皮肉に気づいたのは顔を引きつらせているフォンティーヌだけだ。

「幼子に毒を盛るなど野蛮《やばん》な国だな。そのような国の女が嫁いでくることを許すとは。今考えただけでも貴族共の蛮行を許した己が嫌になる」

「……それで、陛下。ご用件はなんでしょう？」

私が聞くと今でも深い溝ができている眉間に更に深い溝が刻まれた。

「ユミルを愛人と言ったらしいな」

その用件だと思ったよ。

獣人族にとって命よりも大事な番を侮辱されるのは許せないでしょ。

こうでもしないと彼は私のところに来てはくれないし。

「愛人でなければ側室ですね」

バンッ。

テーブルを叩き割る勢いで立ち上がった陛下の目は血走り、怒りで顔は真っ赤に染まっていた。

「陛下っ！」

フォンティーヌの悲鳴が部屋に響き渡る。

陛下は腰に下げていた剣を抜き、振り下ろした。

私の頬に一本の赤い線が描かれる。パラパラと前髪が数本、床に落ちた。私はその様を冷めた目で見つめる。

普通の令嬢なら、ただの王女なら怯え、泣き叫ぶだろう。だが、陛下が相手にしている私はただの令嬢ではない。テレイシアの王女だ。

私は床に落ちた数本の髪から視線を外し、陛下を見る。

「王妃は私です。それ以外の者を表すならそのどちらかの言葉が適切かと」

「俺が愛しているのはユミルだけだ。間違ってもお前を愛することはない」

「構いません。望んでした結婚ではありません。これは政略結婚。それはお互い様です。それでも最低限度の礼儀というものが存在しますが」

「何が言いたい？」

本当に鈍い男だ。

「私の護衛はどこですか？」

「連れてこなかったのはそなただろう！　侍女も護衛もつけず、身一つで来やがって。侍女を用意してやったのはせめてもの慈悲《じひ》だ。更に護衛まで寄越せとは厚かましいにも程がある」

あらやだ。

懐刀で思わず彼の頭をかち割る幻覚が見えてしまったわ。

「陛下！　何度も説明いたしましたでしょう！　それが我が国の風習です。この国の人間になるという意味を込めて、嫁ぐ者は侍女も護衛も一切つけては来ない。だからこそ、最高級の侍女と護衛を用意するんです。本来ならばっ！　あなたを一生大切にしますという意味も込めて」

フォンティーヌの言葉に陛下は「あーもうっ！　うるさいなぁ」と言って口を尖らせる。まるで怒られて、拗《す》ねた子供のようだ。

こんな王でも何とか政治が機能しているのは裏で王を操っている公爵の手腕。そしてこんな王でも良識のある貴族が王都に留まっているのはフォンティーヌの手腕だろう。

「そんなに護衛が欲しいのなら自分で選んで適当につければいいだろ」

「陛下っ！」

慌てるフォンティーヌに申し訳ないけど、この好機を逃す訳にはいかない。

「どなたでもよろしいのですね、陛下」

「ああ。好きにしろ」

「誰を選んでも文句はないと？」

「くどい」

「では、その件に関して一筆書いてくださいますか？　後で覆されても面倒なので」

「俺が嘘をつくと？」

不快だという代わりに眉間のしわが深くなる。

この男は本当にどこまでも勝手な男だ。

「私のことを信じてもいないのに、ご自分のことは信じろと？」

嘲笑《ちょうしょう》交じりに言うと陛下が青筋を立てた。短気なお方だ。だからこそ、操りやすい。

なんて、都合のいいお人形だろう。

「俺は王だぞ」

「それは信頼に対する価値にはなりえません。いかに高貴なお方でも、だからこそ容易く手の平を返すものです」

「貴様の愚かな国と一緒にするな」

「我が国を愚弄《ぐろう》しますか？」

「分かりましたっ！」

一触即発の状況にフォンティーヌが慌てて割り込んできた。陛下の意志とは違うけれど、この場合は陛下の意志よりも私の国との関係を優先させてのことだろう。

「一筆書きます」

「フォンティーヌっ！」

「陛下、嘘ではないのなら一筆書いても問題はないはずです」

「この者は俺を愚弄したのだぞ」

「フォンティーヌ、おぬしは陛下よりも他国の者を優先させるのか？」

今まで黙っていたクルトがあり得ない者を見るような目をフォンティーヌに向けていた。

「私はこの国の宰相として国益を損なう訳にはいきません。お互いにどのような思惑があろうともこの婚姻は勢力を拡大していっている帝国を牽制する上で最も重要なもの。わが国の兵力だけでは帝国とまみえるのは正直、厳しいです。ましてや、この婚姻が原因でテレイシアとの友好関係が悪化し、帝国側に寝返られれば我が国に未来はありません」

陛下はまだ納得していないようだけど、それでもフォンティーヌにそこまで言われたので仕方がないと剣を鞘に収め一筆書いてくれた。

国の為に好きでもない女と婚姻を結んだ哀れな王。そんな自分に酔っているのだろう。なんてくだらない男だろうか。

「ありがとうございます、陛下」

「図に乗るなよ。俺の寵は常に番であるユミルにある」

「ええ、それで構いません。フォンティーヌも言っていたようにこれは国益により結ばれた婚姻。そこに愛は必要ありませんから」

入ってきた時と同様に荒々しい足音を立てて陛下は出ていった。クルトとフォンティーヌもその後に続く。

五．番のユミル

公爵や王の息が掛かった者に護衛につかれれば守られるどころか命を狙われかねない。だから、自分で護衛を選べるのならその危険は少なくなる。

私は手にある護衛を自分で命じられる許可証を握り締めた。

これは私の命の手綱の一つ。

誰にも見つからない場所に隠しておきましょう。

『命の危険は多いが、そなたなら大丈夫だろう。我が国の為に行きなさい。余の可愛い妹よ』

『もし、失敗したら？』

『死ぬだろうね。死にたくないのなら足掻いて見せなさい。頭をフルに使って生き延びてごらんなさい』


その日の夜。

お姉様の言葉を体現するかのように不穏な気配がした。

息を殺し、足音をのしばせて近づく気配。私は布団の中に隠していた剣を握り締め、侵入者が近づくのを待つ。

大丈夫よ、お姉様。

私は殺《や》れる。お姉様の望みを叶えて、必ずテレイシアに帰る。

大丈夫。私は殺れる。

護衛のいない中、助けを呼べる人なんていない。どれだけの手練れが送られてきたのかも分からない。恐怖で凝り固まりそうになる体をベッドの中で解しながら私は呪文のように何度も心の中で呟いた。

大丈夫。私は殺れる。

侵入者とベッドまでの距離がゼロになった。

「っ」

大丈夫。大丈夫。怖くなんてない。私だって殺れる。怖くなんてない。

私は侵入者たちの視界を覆うように布団を蹴り上げ、剣を一閃。

男の悲鳴が複数。血は布団に吸い込まれたので、私が浴びることはなかった。けれど血臭が鼻についた。手には人を斬った感触が残っている。

人の命は重いと綺麗事が好きな為政者は言う。でも邪魔という理由で私を殺すように命じた人がいるように、仕事として人を殺す暗殺者がいるように、死にたくないという理由で暗殺者を殺す私がいるように。その言葉が嘘であることは明々白々だ。

ならなぜ人は命を重いと言うのか。それは今私に伸し掛かっているものが答えだ。

人を殺してしまったという罪悪感。それがとても重い。きっと、この先どれだけの人間を殺してもこの重さには慣れないだろう。この手の震えが止まることはないだろう。

それでも私は剣を振るう。ここで死ぬ訳にはいかないのだ。

私は乱れた呼吸と心を落ち着かせる為に深呼吸をする。そして血で汚れた布団を見下ろす。これはもう新しいのを用意してもらわないとダメだろう。

第一人の血を浴びた布団で寝たいとは思わない。

そんな場違いなことを今考えているのは自己防衛の現れかもしれないと自嘲する。

反撃されると思わなかった侵入者たちの動揺は大きい。

彼らは全員プロだ。一人で相手にするのは難しい。だから動揺している今がチャンス。

私は躊躇《ためら》いもなく剣を振り続けた。

「お嬢」

全ての敵を屠《ほふ》り終えた私は全身血で汚れていた。部屋も死体と血で汚れ、とてもじゃないけど使える状態ではない。

「……ハク」

敵陣の真っただ中にいる私を心配してか、様子を見に来たハクはとても心配そうに私の元へ来る。

「お嬢、大丈夫ですか？」

「ええ、問題ないわ。数は多かったけど大した手練れでもなかったし。こういうのを不幸中の幸いというのかしら？　ちょっと、違うわね。あははは」

冗談を言って笑ってみたけどハクの表情は変わらない。ハクに見抜かれている。だから余計に腹が立った。

「この程度、何も問題ないわ！　私はテレイシアの王女よ。普通の令嬢とは違う。お姉様だって、この程度で」

平気なはずなのに。平気じゃなきゃいけないのに。そうでない自分が腹立たしい。ハクに見抜かれてしまうぐらいに余裕のない自分が情けない。

「陛下ならこの程度の障害、障害とすら認識しないでしょうね。歯向かう者に容赦はしない。無感情で屠ってみせるでしょう。でも、あなたは陛下ではない」

「っ」

時間が経って固まっていく血のせいか、まだ敵がいるかもしれないと思わせる恐怖のせいか、剣を離せずにいた私の手を優しく包み込む。

そして、指を一本、一本、優しく丁寧に開いていく。

カラン。剣が床に落ちて私はもう大丈夫なのだと心から思えた。そう思うと涙が出てきた。泣きたくないのに、平気だと思いたいのに、私の意思に反して流れる涙を隠すようにハクは優しく抱きしめてくれる。

「っ。わ、私、人を殺した。怖かった。死ぬかもしれないと思った。人を殺す恐怖よりも殺される恐怖の方が強くて、夢中で、剣を振るって、わ、私、私」

この先は言葉にならなかった。自分でも何を言いたいのかが分からない。言葉が上手くまとまってくれない。そんな私をハクは笑うでもなく、ただ寄り添ってくれた。

「もう、大丈夫ですよ。ここに敵はいません。もう、大丈夫です」

ハクは私が人を殺したことに対して何も言わなかった。ただ、大丈夫だと。もう敵はいないと繰り返すばかり。

これがお姉様なら敵を殺した私を褒めただろう。人を殺して褒められる私って何なのだろう。王族とは何なのだろう。

ここにいるのがハクで良かった。

「ハク」

「大丈夫です。朝、侍女が起こしに来るまでずっと傍に居るので安心して休んでください」

「うん。ありがとう」

私はハクに手伝ってもらって血を全て落とし、新しい寝間着に着替えて隣の部屋で寝ることにした。

ハクは私が寝るまでずっと手を握ってくれた。ハクの気配を感じながら私は安心して眠りに落ちた。

◇◇◇

翌日、侍女たちの阿鼻叫喚が寝室を埋め尽くした。

……耳が痛い。


「聞きました。妃殿下のこと」

「幾ら侵入者がいたからって、殺すなんて。野蛮よね」

「女性でありながら剣を使うなんて、はしたない」

「護衛もつけずに呑気に過ごしているからこういうことになるのよ」

と、日中好き勝手言っている声が聞こえる。

「……はしたない、ね」

目を閉じれば今でも惨憺《さんたん》たる光景が横切る。私だって平気な訳ではないのに。彼女たちは自分が同じ目に遭ってもそう言うことができるのだろうか。

『はしたない』そう言って死ぬのだろうか。

ハクがずっと傍に居てくれたせいか私の心は昨夜よりも落ち着いていた。

「あなたはどう思う、カルラ」

傍に控えていたカルラは空っぽになったカップに新しい紅茶を注いでくれる。指示した訳でもないのに動いてくれる、気が利く侍女だ。

「能天気な話だと思います」

カルラは無表情のまま私の質問に答えた。

「そうね、私も同じ意見よ」

この侍女とは気が合いそうだ。無表情がデフォルトなので何を考えているか読めないけど。

優雅にお茶を楽しみながら、ついでに声を潜めることなく私の悪口を言っている質の悪い使用人たちの会話を楽しみながら自室で過ごしているとドアをノックする音が聞こえた。

「殿下、エウロカエルです」

「入りなさい」

「失礼します」

ピンと天井から吊るされたような美しい姿勢でエウロカが入ってきた。

「番様が殿下をお茶会に招待したいと」

いい度胸しているわね。まさか、自分から来るなんて。

「下の者が私を呼びつけていると捉えていいのね、それは？」

「っ」

私が彼女をお茶会に招待するのは問題ない。同じ王宮内に居て、愛人が王妃をお茶会に招待するのはつまり自分の方が身分が上だと主張しているようなもの。

公爵夫人である彼女は当然それに気づいている。

だから気まずそうに私から視線を逸らした。

「いいわ。それで、お茶会はいつかしら？」

「ただいまからです」

「は？」

「今、すでに後宮の庭を使って行われています」

「あは、あはははははは」

思わず大笑いしてしまった私をエウロカは一度も見ようとはしなかった。

この場面だけを見れば私が心を病んだように見えるだろう。

私も大声を上げて笑うなんてはしたない行為を生まれて初めてやった。

それぐらい、この状況がおかしかったのだ。

「本当に、良い度胸をしている」

低く唸るような私の声にびくりとエウロカが怯えているのが視界の端に映った。

「エウロカ」

「は、はい」

喰われる寸前の子ウサギのように怯えるエウロカに私は殊更、優しく声をかけた。それが逆に不気味さを増して彼女の恐怖心を煽ると知って。

それでも、ねぇ、エウロカ。公爵夫人であるあなたは私の侍女を辞められないでしょう。公爵がそんなことを許しはしない。

私が飲むお茶に毒を入れられる侍女の立場を、夜間に不審者を手引きできる侍女の立場を狡猾《こうかつ》な公爵が使わないはずないもの。

たとえ今はスパイでなくとも、いつかはスパイになれる。あなたは可哀そうなスケープゴート。

そんなあなたを私はどうしようかしら。今後の彼女の出方次第ね。それよりもまずは。

「とびきりのドレスと装飾品の準備を。あなたのセンスに任せるわ。すぐに支度してちょうだい」

「か、かしこまりました」

売られた喧嘩は買うのが宮中の流儀。

ユミル。あなたに後宮での戦い方を教えて差し上げるわ。

◇◇◇

「ごきげんよう、エレミヤ様」

エレミヤ様？

招待されたお茶会へ行くと椅子に腰かけたままの可愛らしい少女が私に話しかけてきた。

栗毛《くりげ》の髪と茶色の目をしている。前髪はオールバックに。左右で小さなお団子を作っている。

ユミルは主催者らしく上座に座っている。

私は侍女になりすまし、何度かユミルの部屋に訪れていたが一応これが初対面だ。侍女の時は髪の色も変えていたし、目立たないよう地味なメイクをしていたのでユミルにはバレていないはずだ。

王妃である私に対して最低限の礼儀も執れず、あまつさえ許可もなく名前を呼ぶなんて無礼にも程がある。

「エレミヤ・クルスナーです。この度はお招きありがとう。急なお誘いではありましたが予定が空いていて良かったわ。主催者であるユミルはどなたかしら？　私、まだ彼女と挨拶を交わしたことがないから存じ上げなくって」

下位の者が挨拶にも来ないなんて随分な礼儀知らずね。と、事前連絡もないお茶会を皮肉ってみたのだけど肝心の例の方には伝わっていないようだ。

「はぁい、私よ」

案の定、上座に座っていた栗毛の少女が元気よく手を上げて答えた。貴族の令嬢とはとても思えない。ここへ来る前にしっかりと躾《しつけ》をされていなかったのかしら。

竜族とは番を大事にしすぎる為にダメにしてしまう方がいるとは聞いていたけど陛下はその典型のようね。

「同じ奥様どうし、これからよろしくね」

くすりとユミルの言葉に彼女の周りにいる令嬢たちが嘲笑を浮かべている。

ここは彼女の箱庭。私に味方はいない。

彼女たちはユミルと一緒に私を貶める為に集まった愚者。ユミルには陛下がついているから大丈夫だと踏んでいるのだろう。

ここでの暮らしを私が母国であるテレイシアにチクればあっという間に開戦できるのだけど。そこまで考えが及ばない辺り、よほど甘やかされて育ったのだろう。

とはいえ、私も無辜《むこ》の民を悪戯《いたずら》に苦しめたくはない。

「それと、私の名前を呼んでいいのは陛下だけよ」

大人な対応をしよう。相手は礼儀も知らないガキ。いいえ、赤ん坊だ。いいえ、赤ん坊のような無垢《むく》さはなかったわね。なら、微生物ね。ええ、彼女にぴったりの生きものね。

「私の名前も気安く呼ばないでいただきたい。何かはき違えられているようですが。陛下の寵愛が深かろうと、この国の王妃は私よ。身分の上でも公爵の養女より他国の王族である私の方が上。私があなたの名前を呼ぶことは許されても、あなたが私の名前を呼ぶことは許されないわ」

私の言葉にユミルは私を睨みつける。険しくなった目からは怒りの感情がメラメラと伝わってくる。どうやら彼女はかなりプライドの高い人間のようだ。

「王妃様が身分で人を判断してはいけないわ。貴賤《きせん》を重要視するなんて間違っているわ」

私の言葉を敢《あ》えて歪曲《わいきょく》したわね。良いわ。受けて立ちましょう。

「親しき仲にも礼儀ありよ。最も私とあなたは親しくないけど（親しくなりたいとも思わない）。貴賤ゆえの判断ではないわ。寧ろ私の苦言をそう捉えることができるのは、あなたが普段からそう思っているからではなくって？」

「まぁ、そんな訳ないじゃない。祖国から誰一人連れて来れなかったあなたの為に陛下に侍女をつけてあげてってお願いしたのは私よ。あなたがあまりにも可哀そうだったから。こういうのをノーブレスオブリージュ《貴族の義務》というのよね」

ここまで言うと私を嘲笑していたユミルの取り巻きたちはさすがに黙ってしまった。彼女たちは私が他国の王族であり、公爵家の養女であり陛下から寵愛されているユミルでも勝てる相手ではないと判断できたようだ。

要らぬ火の粉を浴びない為に彼女たちは沈黙を選んだ。

馬鹿よね。ここにいる時点で同罪なのに。

「私が哀れ？　無知とは恐ろしいものね。私はこの国にならってテレイシア王国から誰も連れてこなかっただけよ。陛下の隣に立つことを選んだのなら自国の文化ぐらい学びなさい。あなたにその頭があればだけど」

「強がっちゃって」とユミルは笑う。

ユミルは赤い紅をのせた唇に弧を描き、テーブルの上に両肘をつける。

手を合わせて、その上に顎《あご》を乗せる。

「みなさんもそう思いません？　どんなに身分が高くても周囲に嫌われている王女は哀れだと」

ユミルは当然、周囲から賛同の声が上がると思っていた。ところが、誰も何も言わない。

みんな、お互いに目配せして何とかしなさいよと無言の押し付け合いをしている。

きっと、私がユミルにやられるだけの大人しい王女だとでも思っていたのだろう。そういう王族は確かにいる。地位は高いけど、舐められたら王族でも簡単に呑み込まれてしまうのが社交界の恐ろしいところだ。

「どうしたのよ。返事ぐらいしなさいよ」

ユミルが苛立たち気に言う。

ユミルの取り巻きたちはびくりと体を震わせるだけで何も言わない。ドレスの上で手を握り締め、顔を俯《うつむ》かせる。

「無理強いはよくないわよ、ユミル」

「私の名前を気安く呼ばないでっ！」

「黙りなさい」

私は扇をぴしゃりと閉じた。目を細め、睨みつけるとユミルはあっさり黙った。どんなに王の寵愛深い番でも王族の威厳には敵わないようだ。いい気味ね。

あなたはゆっくりと調理してあげる。ユミル。私を侮辱した罰よ。

「今日はここでお開きにしましょう」

私の言葉を救いの神とでも思ったのか、ユミルの取り巻きたちは退室の挨拶をしてそそくさと出ていった。

「ユミル、これからよろしくね」

睨みつけてくるユミルに笑顔で答えて私も自分の部屋に戻った。

◇◇◇

「お嬢」

夜、ここへ来た時と同じように自室で食事をすませ、侍女たちを下がらせた後、天井から声がした。

スッと足音も立てずに長身の男が降りてきた。

老人のような白い髪に紫水晶のような瞳をした二十代の青年だ。彼はハク。お姉様に仕える諜報《ちょうほう》員《いん》で魔族。因みに侍女服を調達してくれたのも彼だ。

転移魔法が使えるので私とお姉様の唯一の連絡手段。

私の身に何かあればすぐにお姉様に伝わり、同盟を反故《ほご》にする。このことは陛下には言っていない。

いくら文化だからといって本当に何の手も打たずに王族が嫁ぐ訳がない。契約とは守られなければ意味がないのだから。ましてやこの同盟は対等のもの。ならば余計にそうなるように手を打つ。

あなたに染まりますという意味で自国の者を誰も連れてこないというのは聞こえはいいけど、体《てい》のいい人質のようなものだ。

「あの小童は随分《ずいぶん》と頭のねじがゆるいようですね」

「同じ王族とは思いたくないわね。残念ながらお姉様に報告できることはまだないわよ」

私は今まで溜まっていた鬱憤《うっぷん》を晴らすようにハクを睨みつける。

「っていうか、聞いてよハク！　ここの国はおかしすぎるわ！　テレイシアは大国よ。人族の国で確かに武力は劣っているかもしれないけど、それでもギリギリの攻防とはいえ何度も帝国を退けているわ！　脳筋どもの集まりで直情的な戦い方しかしないカルディアスと戦争になれば間違いなく我が国が勝つわ！」

私は持っていたクッションをポスポス殴る。それでも怒りは収まらない。

「私が嫁いだことでこの国はそれなりの恩恵を受けているはずよ！」

これはどっちかが負担を強いるものではない。対等な国同士の政略結婚なのだから。

「テレイシアは武力をカルディアスは資源を手に入れている。作物が育ちにくい土地が多いし、試行錯誤が苦手な民族故にいつも資源不足が問題視されていたカルディアスはテレイシアと縁を結ぶことで解決したはずよ。なのにここまでコケにされるなんてあり得ない！　あの人たちは政略結婚の意味も分からずに私を受け入れたと言うの！　馬鹿じゃないの」

対等な国同士で行われる政略結婚は扱いを間違えれば戦争に発展しかねない。この国の連中はそれを分かっている者があまりにも少なすぎる。

「だいたいユミルは元平民でしょう。幾ら公爵の養女になっているからって公爵の後ろ盾がある訳じゃないわ」

ユミルがミスをすれば公爵は間違いなくユミルを切り捨てる。ユミルにはそれが分かっていない。簡単に切り捨てられる娘を手に入れたところで後ろ盾にはならない。

それに王にも公爵にも不満を持っている臣下が多い現状で公爵の後ろ盾を持つことはマイナスにしかならない。

この国の上層部は本当に何も見えていないのだ。目先の利益ばかりで。なまじ力があるせいで全てを武力で解決してきた歴史がある竜族らしいと言えばらしいのかもしれないけど、国のトップどもがそれでは困るのだ。

「どうして国に貢献できている私が嘲笑や軽蔑の対象になるのよ！　だいたい護衛も侍女もつけずに来たのはこの国の風習にならっただけじゃない。それぐらい理解しなさいよ！」

私は持っていたクッションをハクに投げつけた。当然だが、ハクはそれを華麗に受け止める。

「気が済みましたか、お嬢」

私の気がすむまで黙って愚痴《ぐち》を聞いていたハクはクッションを近くのソファに放り投げる。

「少しはね」

まだ言い足りないけど、というのは心の中に留めた。だってキリがないもの。

「お嬢、あなたは別の意味で世間知らずですからね。ストレスが溜まるのは仕方がありません」

「どういうこと？」

私が首を横に傾けるとハクは困ったような笑みを浮かべた。

「テレイシアでお嬢の近くにいる人間は女王陛下を筆頭にみな優秀な者ばかりです」

「当然よ。実力重視の国だもの。身分しかない能無しは蹴落とされるのが常よ」

即答した私にハクは苦笑を深める。まるで困った子供を相手にしているような態度にはイラつくけど、突っかかっていても話は先に進まないので取りあえずハクの話を聞くことにした。

「それが通用する国ばかりではありません。寧ろ少ないでしょう。カルディアスのような国は決して珍しくはないのです。これも良い経験だと思いますよ。お嬢は少し馬……考えの足りない者たちの考え方や行動に慣れた方が良いかと。敵に回して一番怖いのは賢いタイプではなく、カルディアス国王やその番たちのようなタイプです。考えて行動することをしないので行動に予測がつきませんから」

一理ある。確かに今まで私の周囲にいないタイプの人間ばかりで扱いにくい。

「分かったわ。あなたの言う通り、確かにいい経験になるわね。いい機会だし、陛下たちのことをよく観察してみるわ」

私の言葉にハクは笑みを深める。まるで手が焼ける生徒の成長を喜ぶ教師のようだ。私はそこまで子供ではないのに。

まぁ、お姉様の側近であるハクは私よりもできがいいから仕方がないのかもしれないけど。

「雑談はこのくらいにして本題に入りましょう。調べてほしい人たちがいるの」

私はユミルと今日会った彼女の取り巻きについての調査をハクにお願いした。

「分かりました。早急に調べましょう。それと話は変わりますが、護衛はどうなさったのですか？付近を見て回りましたがここの警備は緩すぎます。それに部屋の前に待機しているはずの護衛もいないようですが」

「護衛はいないわ」

「いない？」

ハクの顔が不快気に歪められる。目には怒りの感情が宿っていた。

「陛下には自分で任命すると言ってあるし、許可もいただいたわ」

「任命されるまではどうなさるおつもりですか？」

「私はここのお姫様みたいにか弱くないわ」

布団の下から愛用の刀を取り出してハクに見せる。

「自分の身ぐらい自分で守れる。現にあの夜、守ってみせたでしょう」

テレイシアの王族は性別にかかわらず、幼い頃から武術を習う。

戦争になった時に王族として戦えるように。いつ命を狙われてもおかしくない立場だからこそ自分の身が自分で守れるように。

「あなたは愚かではない。戦闘において絶対の勝利も絶対の敗北もないことを知っています。あなたが全ての暗殺者を屠ったことで今度はあの晩よりも強い暗殺者が送られることは明白」

「それでも私は自分の身は守り通して見せる。一人でも。それに信用できない護衛は反って危険だわ」

怖い。怖くない訳がない。それでも平気だと虚勢を張って見せるのは少しでも弱音を吐けばそれが現実になりそうで余計に怖いから。

ハクが私の真意を探るようにじっと見つめてきた。そしてすぐに何を言っても無駄だと悟ったようにため息をつく。

「お嬢、これはお守りです。一度だけですが物理攻撃を弾きます」

ハクの目と同じ紫水晶がついたブレスレットをハクは私の腕につけてくれた。

「綺麗ね。ありがとう」

「できるだけ、こまめに訪れるようにします。どうか、無理はなさらないでくださいね」

確約はできないので私は頷かなかった。そんな私にハクは困ったように笑うけどそれ以上は何も言わなかった。

◇◇◇

ハクが情報を集めている間、私は侍女服に身を包みユミルの元へ行く。

「番様、助けてください」

ユミルの部屋で彼女に縋《すが》って泣く肉だるま……財務大臣がいた。ユミルは煩わしそうに眉を顰めて財務大臣を見ている。

「私は今まであなたに便宜を図ってきたではありませんか。こんな仕打ちはあんまりです」

「知らないわよ。便宜？　なにそれ？　あんたが勝手にやったことでしょう。私は何もしていないもの」

「そんなぁっ！」

財務大臣の顔が絶望に染まる。

私がフォンティーヌの部屋に置いた裏帳簿からフォンティーヌがいろいろ動いて彼の不正が明らかになったのだろう。

後がなくなった財務大臣はユミルの方から陛下に取り成してもらおうと泣きついているのだろう。

大の男が娘と同じ年ぐらいの少女に泣きつくなんてシュールな光景ね。

「ねぇ、この人を追い出してよぉ。不愉快だわ」

「番様っ！」

「美しくない男は私の前に来ないで」

そんな理由であっさりと捨てられた財務大臣はユミルの護衛をしていた男にあっさりと引き渡された。騒ぎを聞きつけてやってきた陛下と執務を放り出した陛下を追ってきたフォンティーヌに。

「大丈夫か、ユミル」

すぐさま、陛下はユミルに駆け寄る。

「カルヴァン、怖かったわ」

さっきまでの態度が一変、ユミルは体を震わせ、目に涙を浮かべて陛下に抱き着く。そんなユミルを陛下は痛ましそうに見る。

口から砂が零《こぼ》れてしまいそうな茶番ね。

そんな光景を冷めた目で見ていると視線を感じた。フォンティーヌがじっと私を見ていた。

……気づかれたかしら？

「番様の侍女ですか？　失礼ですが、あなたのような女性を見かけた記憶がないのですが」

さすがはフォンティーヌ。ユミルにあてがっている侍女の顔も記憶しているのね。

「あら、こんな地味な子記憶に残る訳ないじゃない」

フォンティーヌの言葉を拾ったユミルが私を鼻で笑って言った。

私は目立たないようにできるだけ地味に見せるように化けているのでそう思われるのは当然だけど、ユミルに言われるとムカつくわね。

「それともフォンティーヌはそういう子がタイプなの？」

「だから私に靡《なび》かないのかしら」と小声でぼそりと聞こえた。フォンティーヌは完全無視だけど。

「化粧で分かりにくくなっていますし、髪も目の色も違いますけど。私がよく知っている人に似ています」

「他人の空似ではありませんか？」

私の言葉にフォンティーヌは笑顔を深めた。目は笑ってはいない。

「そうですね。ところで、私の部屋に面白いものが置いてあったんです。そのおかげで今回の不正が明るみになったんですけどね。何せ相手は公爵と繋がっている男。なかなか手が出せなかったんです。けれど、どこぞの親切な方が私の部屋に置いていってくれたもののおかげで踏み込んだ捜査ができ、公爵も庇えない程の証拠を手に入れることができました」

「……」

「一体どこの誰なんでしょうね」

質問形式ではあるけどフォンティーヌの中では既に答えが出ているような気がする。私は無言で通したけど。フォンティーヌもこれ以上は食い下がっては来なかった。

◇◇◇

翌日、財務大臣の失脚が公となった。

これを機に公爵の派閥を少しずつ瓦解させていくつもりだ。この国を手に入れる上で絶対に邪魔になるもの。

私はいつも通りユミルの部屋に侍女として訪れた。

「ちょうど良かったわ。あなた、服を用意してくださる？」

服？　着替える必要がないぐらい豪華な服を既に着ているけど。というか、彼女は普段着、夜会服、お茶用の服と服にも種類があるのを知らないのかしら。

貴族の女性は普段着を室内で着ている。来客がある時は来客用の服に着替えたりするのだ。ユミルが着ているのは露出の激しい豪華な服。完全なる夜会服だ。周囲の侍女たちは何も言わなかったのだろうか。

彼女の怒りを買うことは王の怒りを買うこと。間違っていても間違っているとは言えない主従の関係。自分で自分の首を絞めている現状に心の中で笑う。

「どのような服でしょうか？」

「いちいち言わないと分からないの？　本当にあなたって使えないわね」

「……申し訳ありません」

「城下に行くわ」

「城下ですか？」

「ええ。だって、もう一週間近くドレスも宝石も買ってないのよ。あり得ないわ」

それは仕方がない。商人たちには登城しないように裏から手を回しているのだから。でもだからって城下に行くの？　まぁ、元は平民だから知った場所ではあるんだろうけど。でも貴族の娘として城下に行ったことはないはず。無謀ではないかしら。

誘拐とかの標的にだってなりやすいし。そういうところに気づいていないと思う。貴族の娘になっても考え方は平民の娘のままだし。

周囲の人間がそういう教育をしているようには見えない。

「愚図な商人たちのせいで仕方がなく私が行ってあげることにしたの。だから城下に行く為の服を用意して頂戴」

「番様、陛下の許可を先にお取りした方が良いかと」

「何でよ？　私が行きたいと言っているのよ。カルヴァンの許可なんて必要ないじゃない。だいだい、どうしていちいち許可が必要になるか分からないわ。それにカルヴァンのことだもの良いって言ってくれるに決まっているわ。私はどこかの無能でブスなお飾りの王妃とは違うんだから」

「……」

くすりとユミルは笑う。本当にむかつく女ね。

「分かったらさっさと支度をして頂戴」

「畏《かしこ》まりました」

私はできるだけ地味なドレスをクローゼットから探したけど、そんなものは当然あるはずもない。ユミルがお忍び用の服なんて持っている訳ないものね。

ドレスはしびれを切らしたユミルが別の侍女に持ってこさせた。私の横を通り過ぎる際に侍女はそんなこともできないのかと私を鼻で笑った。

私は侍女がユミルに用意した服に唖然とした。そんな恰好で城下に行く気？

上級貴族でも簡単には手に入らないような上質な服と宝石を身に付けるユミル。それを止めるところか勧める馬鹿な侍女。彼女たちはユミルに気に入られようと必死なのだろう。

ユミルの準備ができるまでまだ時間がかかりそうなので私はこっそりと部屋から出る。

フォンティーヌの部下を見つけてこっそりと彼のポケットに紙きれを忍ばせる。これで目的は達成なので取り敢えず急ぎ足でユミルの元へ戻る。

準備を殆ど終えたユミルを見て私は重いため息を零す。この馬鹿たちは自分たちがどれほど危険な行為をしようとしているのかまるで気づいてはいないようだ。

ユミルは私と後二人侍女を選んで、護衛騎士も三人選んで城下に行った。

途中誰か止めてくれることを期待したけど誰も止めてくれない。ユミルの乗った馬車と言うだけで門番は事情も聞かずに通してくれた。

ユミルの機嫌を損ねることを恐れて誰もが保身に走った結果だろう。これでユミルの身に何かあったらどうするつもりだろう。

馬車が石畳を転がる時に奏でられる重苦しい音が今の私の心境を表しているようだ。

私は内心で重いため息をつきながら考える。

このまま城下に出て彼女が問題を起こせば、普段目にすることなく噂でしか知らないユミルを目の当たりにする訳だし。平民たちのユミルに対する評価は間違いなく地に墜ちる。そう考えれば悪くはないのかもしれない。前向きに考えよう。

当然だけど王家の紋章入りの馬車は城下で注目の的だった。ユミルは目立ちたがり屋だ。自分が注目されているのが嬉しいのか終始ご機嫌だ。

注目を浴びるということはそれだけ危険もあるし、周囲が自分を査定しているということでもあるんだけど。

馬車は王都の中央で停まった。

イケメンな騎士にエスコートされながらユミルは馬車から降りる。

平民でも分かってしまう上物の布に宝石が散りばめられたドレスを着るユミルは明らかに場違いだった。

みんなの注目を浴びながら気分よさげにユミルは颯爽と歩いていく。

「あいつ、ユミルだよな」

「マジでお貴族様になったのか」

野次馬のざわめきからはそんな声が聞こえる。元平民のユミル。顔見知りがいてもおかしくはない。だからこそ余計に気分が良いのかもしれない。今の自分を見せびらかせて。悔しそうに奥歯を噛み締めるような顔をしている同い年ぐらいの女性がちらほらいる。

男性は美しく着飾ったユミルに見惚れている人が多い。

「あっ、あれ可愛いわ」

そう言って急に走り出すユミルを護衛が慌てて追いかける。

そんなユミルを不審な影が追うのが見えた。

まぁ、財務大臣の件で恨みを買ったばかりだからね。それに王を籠絡《ろうらく》させて散財を繰り返すユミルを快く思っていない貴族は多い。

さて、どうしようかな。

ユミルは重たいドレスで走り回る。とても貴族の令嬢とは思えない行動に唖然とする平民。中には貴族になってもやっぱり「ユミルだな」と苦笑している者もいる。

陛下の番で下手に触れない護衛たちはあたふたしている。あんな動きにくいドレスで万が一転ばれたら当然、彼らの職務怠慢ということで何らかの処罰が下るだろう。そんなことはお構いなしにユミルは走り回る。

「あら、こっちには何があるかのしら」

「いけません、番様。そっちに行っては」

「私に命令しないで！　あなた、クビよ」

「っ」

その一言で護衛の一人が青ざめる。他の従者たちも戸惑った様子でユミルを見る。

「私が言えばすぐにカルヴァンは動くわよ。私と違ってアンタたちの替えは幾らでもあるんだからね」

そう言ってユミルが入っていこうとしたのは路地裏だ。人の気配がなくなる分、危険も多くなる。だからこそ護衛は止めたのに。でも、ユミルの目にはその奥にあるお店しか見えていないようだ。

見た目は可愛いお店だけど、路地裏にあるということはユミルが求めるような品物は置いていないだろう。置いているのは売春婦向けか、別の何か。

「番様っ！」

路地裏から現れた男がユミル目掛けて短刀を振り下ろす。

「きゃあっ」

「へぇ？」

ユミルは咄嗟《とっさ》に近くにいた侍女を突き飛ばした。その侍女は自分の身に何が起こったのか理解できず間抜けな顔のまま振り下ろされたナイフの餌食となった。

「ぎゃあぁっ！　いっ、いだぁい。いやぁっ！」

ナイフは侍女の肩から脇を切り裂いた。ユミルについている侍女は貴族の令嬢ばかり。擦り傷の痛みすら知らない令嬢にとってナイフで切り裂かれる痛みは想像を絶するものだろう。

涙と鼻水で顔をぐちゃぐちゃにしながら助けを求める侍女の手をユミルは振り払った。

「ひっ。いや、わ、私を助けなさいよ。早く」

命じられた護衛はすぐにユミルの傍を固める。未だ不審者の近くで倒れたままの侍女は見捨てられたらしい。それを理解した侍女の顔が恐怖で引きつる。

「いや、そんな、たすけ、おねがい。いや、じにだくない。やだぁ」

必死に手を伸ばす侍女。その侍女に男は邪魔なものを始末するようにナイフを振り下ろす。

「っ」

私は暗器で男のナイフを受け止める。

「あ、ああ」

「死にたくなければ這《は》ってでもこの場から去りなさい」

私の言葉を聞いて、倒れた侍女は必死に地面を這う。それを見た同僚が駆け付け、彼女を両脇に抱えながら何とか護衛の近くまで連れていく。

「そこをどけぇっ」

聞き覚えのある声だ。

「俺を陥れたあの女を殺させろ」

男が煩わしそうに私の暗器を払う。その衝撃ではらりと男のフードが落ちた。見えたのは先日失脚した元財務大臣。罪が横領だったので領地を半分国に返却となり、貴族位も二つ程落とされ、今は領地に引きこもっているはずの男だった。

まぁ、領地で大人しくしているとは思っていなかったけど。

「あ、あんたこの前の」

さすがのユミルも覚えていたようだ。

「あんたのせいで俺の人生はめちゃくちゃだ。今までさんざん便宜を図ってやったのに。見捨てやがって。あんただって同罪じゃないか」

「はぁ⁉　何ふざけたこと言ってんのよ。あんたが勝手にやったことじゃない」

「お前が命じたんだろ」

「下手な嘘つかないでよ！」

「嘘じゃない」

「じゃあ、どうして誰も信じないのよ」

「ぐっ」

言葉に詰まった元財務大臣にユミルは勝ち誇った笑みを浮かべる。

「陛下は頭の良い方だもの。だからあんたの嘘はすぐに見破られた」

「違う！　お前が番だからだろ。だからお前がどんな悪行をしようとも許されるんだろ。あんたが着ているドレスも身に付けている宝石も全て、血税だ。あんたはそれを自分の欲望の為に消費してるんだ」

自分のことを棚に上げて元財務大臣は喚きたてる。所詮は同じ穴の貉《むじな》。

野次馬から元財務大臣に負けないぐらいの殺気がユミルに向かって放たれる。でも鈍いユミルは全く気づいていない。

「私は陛下の為に、執務で大変な陛下をお慰めする為に頑張っているのよ。これはその正当報酬よ」

ユミルが鈍感で、手に負えない程の馬鹿で良かった。

「ふざけんなぁ。この小娘がぁ」

「取り抑えろ」

元財務大臣が再び襲い掛かってきた。まずは近くにいる私を倒してから次にユミルの元へ向かう予定なのだろうと瞬時に判断して武器を構えたところでフォンティーヌの声が聞こえた。

すぐにフォンティーヌが連れてきた騎士によって元財務大臣が取り抑えられる。どうやら彼の部下は私が仕込んだ手紙に気づいて、フォンティーヌに知らせてくれたようだ。

ヒーローは遅れて登場すると言うけどなかなか良いタイミングだった。

フォンティーヌは周囲の状況とユミル、次に私を見て眉間を揉んだ。野次馬たちが全員、ユミルに対して殺意を向けているこの状況で彼の立場を考えれば頭痛に襲われても仕方がない。

ただでさえ私が流した噂のせいでユミルや陛下を筆頭に王宮の評判は悪いのだ。更に今回、ユミルが何かやらかしたことによって平民を敵に回したのは火を見るよりも明らか。

「お怪我はありませんか？」

フォンティーヌは私に近づいて、誰にも聞こえないように声を潜める。これはもう完全に私がエレミヤだってバレてるな。まぁ、分かっていたけど。

「この程度で怪我をする程軟弱ではないわ。それよりも彼女の手当てを」

私の視線の先には同僚によって止血はされているけど、血を失いすぎて顔色の悪い侍女がいた。

フォンティーヌはすぐに部下に彼女を手当てするように指示を出す。

「後で事情を聞かせてください。それと番様が勝手に城下に行った件、教えてくださり助かりました」

「ちょっと、フォンティーヌ。いつまでその女と話しているのよ。私、大変な目に遭ったのよ。少しは慰めなさいよ」

「番様を王宮にお連れしろ」

文句を言うユミルを無視してフォンティーヌの部下はユミルを引きずるように馬車の中に詰め込む。途中、ユミルに命令された彼女の護衛騎士が助けに入ろうとしたが、フォンティーヌの体温を感じさせない視線に凍り付いてしまった。

英断ね。ここでユミルを相手にして余計な会話を続ければ平民の怒りを更に煽ることに繋がるもの。

「殿下も王宮へ」

私は促されるままユミルと同じ馬車に乗った。

「聞いたかい。私たちが汗水たらして稼いでいる金が全てあの子のドレスやら宝石やらに変わってるんだって。酷い話だよね」

「ユミルなんて元は俺たちと同じ平民だったのに。今やお貴族様の仲間入りして俺たちを食いものにしてるなんて。ひでぇ奴だ」

「この前税金が上がったろ。あれもユミルの我儘のせいなのか。それを許す陛下も陛下だ」

平民の中でどんどん陛下とユミルに対する不満が高まっている。

民に見捨てられた国の末路は滅亡と決まっている。

馬鹿な人たちだ。陛下もユミルもまだ気づいていない。陛下は巨大な武力と権力を持っている。それは千人の平民を殺すことはできても百万の平民を殺すことはできない。

数の前に権力など無意味。

音が聞こえる。この国が瓦解していく音が。

◇◇◇

ユミルは王宮に着くなり早速、陛下に泣きついていた。

侍女たちは微妙な顔をしてそれを見ている。同僚が目の前で殺されかけたのだ。しかも、ユミルの身代わりに。次は自分たちの番かもしれないと考えて怖くなったのだろう。

「このままでは、私たちの身も危ないかもしれないわね。私、侍女長に言って職場を変えてもらえないか相談してみようかしら」

私がそう言うと他の侍女たちも「私も」「私も」と名乗り出した。あら、大変ね。これではユミルの侍女がいなくなってしまうわ。

それにユミルの侍女は基本的には公爵側の貴族だったと思うけど、親が許すのかしら。まぁ、私の知ったことではない。

その日の夜、フォンティーヌが私を訪ねて来た。

「それで、どうして侍女の恰好をして番様の傍にいるんですか？」

「敵情視察。気になるじゃない。他国の王女よりも立場が上になっている元平民で現在は公爵家の養女となっている娘が」

皮肉をたっぷり混ぜて言うとフォンティーヌの顔が引きつった。

「私の部屋に財務大臣の裏帳簿を置いたのは妃殿下ですね」

「役に立ったでしょう」

「はい。ですが、やめてください。幾ら何でも危険すぎます。あなたは公爵家に命を狙われている状態なんです。これ以上目を付けられるようなことをしては」

「何をしても状況は変わらないわ。公爵にとって私は邪魔な存在。そして私にとっても邪魔な存在。ならば、消してしまいましょう」

王侯貴族の娘とは真綿で包んで大切に育てられる。傷一つつけることも許されず。一つの穢《けが》れも許されず。国の為、家の為に利益の生む場所へ嫁ぐ。

そんな令嬢たちの代表ともなる一国の王女が口にするには強すぎる、毒を孕《はら》んだ言葉にフォンティーヌが怯む。

「とても合理的でしょう」

「ええ、そうですね」

すぐに立て直してきたフォンティーヌは私を凝視する。まるで呼吸の一つ、仕草の一つから得られる情報は一つも見逃すまいとするように。

「なぜ、侍女を助けたのですか?」

それは意外な質問だった。ここで急にその質問が来るとは思わなかったので返答を用意していなかった。

言葉に詰まる私をフォンティーヌが不審がるのは分かっているけど何て答えるべきか。

「彼女を助けるメリットはないはずです。彼女が死ねば番様の無いに等しい評価は完全に地に墜ち、蔓延する悪評で番としての立場は失われるでしょう。そうなればあなたにとって都合が良かったはず。どう考えても助けない方のメリットが大きいのでは?」

「見殺しにしろと言うの!」

「!?」

フォンティーヌの言葉に思わず反論してしまった。フォンティーヌはそんな私の言葉が意外だったのか目を見開き、驚いている。

「っ。べ、べつ、別にあなたに迷惑をかけた訳じゃないのだから私が何をしようと私の勝手でしょう！」

フォンティーヌが私を見つめる。とても居心地が悪い。

「か、彼女はユミルの侍女だったわ。どこでどんなでっち上げが陛下の耳に入るか分からないもの。も、もしユミルの侍女に何かあったと知れば陛下は何があったのか確かめることも、真相を知ろうとすらせずに私を断罪なさろうとするでしょうね。こっちも良い迷惑よ。彼女がどうなろうが私の知ったことではないけど、私にまで被害が及ぶ可能性があるわ。だからいたし方なく助けたのよ」

「決して本意ではなかったと？」

「あら、私が好き好んで人助けをするとでも？　ご冗談を。それも私を排除しようとする女の仲間相手に？　そこまでお人好しではなくってよ。あなたは私のことを過大評価しすぎているわ。お忘れなきよう。私は必要とあれば他人の命をも利用するテレイシアの王族であることを」

「心に留めておきましょう」

そう至極、真剣な顔をしてフォンティーヌは言った。内心ほっとしていると、フォンティーヌは淑女《しゅくじょ》なら誰もが見惚れてしまうのではないかと言っても過言ではない程の美しい笑みを浮かべた。

「こんな話を知っていますか？」

「？」

「嘘をつく時、男は視線を逸らすが女はじっと見つめるそうです。妃殿下は先程からじっと私を見ていますね。瞬き一つせず、とても情熱的に」

「っ。だから何だって言うの？　私は王族よ。会話の最中によそ見をするようなはしたない真似はしないわ」

扇子を持った手に力が入る。

私の言葉にフォンティーヌは「失礼しました」と全く悪いと思っていない顔で謝罪する。

これで終わったのかと思ったらフォンティーヌの追撃はまだ続く。

「先程からよく話しますね。こんなに長く妃殿下が喋り通しというのも珍しいですね」

「今日は話をしたい気分なだけよ。誰にだってそういうことぐらいあるでしょう」

「ええ、もちろん。そうですとも。その話し相手に選ばれて光栄です。しかし嘘をつく時、人は嘘を隠す為に饒舌《じょうぜつ》になりますから」

「っ」

何を言ってもフォンティーヌには敵わない気がする。私は冷酷無慈悲なお姉様のように振る舞いたいのに、フォンティーヌがそれを許さない。

愛国心故か、陛下への忠誠心か、単なる好奇心かは知らない。

フォンティーヌは私の本性を暴き出すつもりだ。そうなる前に私はフォンティーヌを強制的に部屋から追い出した。


追い出されたフォンティーヌが呆然と私の部屋の前に立ち尽くしていることには気配で分かった。

さっさと自分の部屋に戻れよと念を送っていると彼はその念が通じたように遠ざかっていく。

完全に足音が聞こえなくなって、やっと私は胸を撫で下ろし、ゆっくりと休むことができた。だ

から気づかなかった。

暗闇の廊下《ろうか》を一人歩きながらフォンティーヌがおかしそうに笑っていたことも。

「どうやら私は妃殿下を見誤っていたようです。評価の見直しをしなければいけませんね」と呟いていたことに。

フォンティーヌ視点

エレミヤ妃殿下。儚げな容姿をしていて、最初は番様のこともあり彼女が王妃で大丈夫かと心配になった。

幾ら王族の結婚が政略的なものでそこに愛情はないと分かっていてもそれでも人間だ。愛されないことで心を壊す王妃だって過去に何人もいる。

番を得た陛下が妃殿下を愛することはないだろう。そして番様は可愛らしい見た目に反し、毒を含んでいる。

それに周囲の『番様がいるのに別の方を王妃にしなければいけない陛下は可哀そう』というバカな連中がどんな嫌がらせを妃殿下にするか分からない。

しっかりとお支えしなければ、この儚い少女は壊れてしまうだろうと私は思った。

それが間違いであったと私はすぐに知ることになる。

妃殿下を敬《うやま》わない侍女は次々に辞めさせられていった。

傲慢で高飛車な妃だと噂されるようになった。でも、王族を王族として扱えない使用人は無能であり、高貴な客人を迎えた際に無礼を働く可能性がある。

本心はどうであれ、取り繕うことができないのならいつかは主の顔に泥を塗ることになる。そうなる前に解雇させられるのは当然ではないだろうか。

妃殿下は見た目に反し、強いお方のようで安心した。

噂だけを聞いているとなかなか容赦のない方のようだった。少しやりすぎではないのかと思い始めていた。でも、それだけではないのだと私は知った。

冷酷無慈悲と噂されるテレイシアの女王。その妹であり、我が国に嫁いでこられたエレミヤ妃殿下は目の前にある些末な命が零れ落ちることを見逃せないお優しい方。

カルディアスで宰相を務めている私、フォンティーヌは今日の出来事とエレミヤに対する評価を日記に綴《つづ》って本日の業務を終了させた。

◇◇◇

元財務大臣はユミルを狙ったことで陛下の怒りを買い処刑となった。だが、城下でのユミルと元財務大臣のやり取りを聞いてた平民からは不満の声が挙がっている。

元財務大臣の不正にユミルも関与していた。けれど陛下の寵愛を受けているユミルは刑を免れた。

陛下は公平に裁きをしてはくれないと国民の目には映ってしまったのだ。実際、ユミルが不正に関与したという証拠はない。それでも国民はその回答では納得しないだろう。

何を言っても陛下がユミルを庇っていると思えてしまうのだ。

城下での元財務大臣とのやり取りはユミルにとって致命的となった。

そして、ユミルの身代わりとなって大怪我を負った侍女は一命を取り留めたが傷は深く、痕《あと》が残ってしまった。

傷跡のある令嬢にまともな嫁ぎ先などない。彼女は辞職し、自ら修道院へ入った。そのことも後押しして、連日侍女長の元にユミルの専属侍女を外してほしいと嘆願書が送られている。

それに傷を負わされた侍女は公爵の派閥の人間だったが娘が傷物にされたことに怒り、派閥を離脱。

自分の娘が同じ目に遭う前にと離脱する者が続出した。

カルラ視点

私の名前はカルラ。カルディアスに嫁いできたテレイシアの王女、エレミヤ様の侍女をしています。

誰もが寝静まった時間帯。

辺りは闇に包まれ、静寂が支配していました。

昨夜、エレミヤ様の部屋に暗殺者が侵入しました。もちろん、私はそのことに気づいていました。

エレミヤ様がどう対処されるのか興味があり、私は彼女を助ける力を持ちながら何もせず黙って成り行きを見ていました。

月夜に輝く美しい銀色の髪が宙を舞う姿はまるで女神のように美しく、思わず膝を折ってしまいそうになりました。

このお方は私が敬愛するあの人と通じるものがあります。

正直言って、カルヴァン陛下にはもったいない方です。彼ではエレミヤ様の手綱を握ることは不可能でしょう。

そしてカルヴァン陛下の番であるユミルもエレミヤ様には勝てない。

何を思っているのかは分からないが、あのバカ女は自分の方が格上だと考えている。

一度、頭をかち割って中を取り出し、ぐちゃぐちゃにかき混ぜた方が良い。そうしたら少しはマシな思考ができるかもしれない。

そんなことを考えながら私はランタンを片手にいつもの部屋に入る。

誰もいないことを確認して私はここではない別の場所に転移する。敬愛すべき本当の君主がいる場所に。

「ではいつもの定期報告を」

ワインを飲みながら優雅に椅子に座る君主に一礼して私はエレミヤ様のことやカルヴァン陛下たちのことを報告した。

「クククッ」

喉を鳴らしながら君主はとても楽しそうに私の報告を聞く。どうやらエレミヤ様のことが気に入ったようだ。私の君主と似たような気質だからだろう。

「暗殺者を仕留める姫とは。さすがはスーリヤの妹だな。あそこの王族教育は凄まじいからな。それにしてもあのトカゲにはもったいない女だ。あのユミルとか言う人間も随分と頭のイカレた女のようだな」

くいっと君主はワインを飲み干す。

「引き続き、監視をしろ」

「……エレミヤ様をどうされるのですか？」

私が聞くと君主はとても驚いた顔をした。

「珍しいな、お前がそんなことを言うなんて。気に入ったのか？」

君主に問われて考えてみる。

「分かりません」

感情の機微に疎いし、育った環境のせいで感情が欠落していたりもするので、自分でもエレミヤ様のことをどう思っているのかは分からなかった。

「そうか。俺は休む。お前も戻れ」

「はい」

結局、エレミヤ様をどうするのか教えてはくれなかった。

私はただの侍女なので君主が何を考え、何をしようとしているのかは分からないし教えてはもらえない。

ただ本気で君主がカルディアスを欲しているのならエレミヤ様とは敵対関係になるだろう。残念だ。彼女は私の君主にとても似合うと思ったのに。

そう思いながら私は戻って、寝ることにした。

侍女の朝は早い。あまり夜更かしをしていると明日の仕事に差し障る。

六．カルディアスに蔓延る害悪

ポール・ホワイエルディ伯爵令嬢。

赤い髪に緑の瞳を持つ。吊り目で意地の悪そうな顔をした彼女は実際、見た目通りの性格をしている。癇癪《かんしゃく》持ちで苛烈《かれつ》。侍女が何度も替わっている。噂では自分よりも可愛い侍女や気に入らない侍女は奴隷商人に売っているとか。ホワイエルディ伯爵家には何人かお抱えの奴隷がいるとか。

この国では奴隷を禁止にしている。それは獣人族が何百年も前は奴隷売買されるのが当たり前の日常があったからだ。獣人族の中で最強と言われている竜族も例外ではない。

そして、それは噂ではなく真実。ホワイエルディは奴隷を買っている。その証拠も既に手にある。

彼らが持っている奴隷のリストの中に興味深い子が一人いた。

「……ノルン」

暗紫《あんし》色の髪と目をしている。女の子の奴隷。

次にホワイトベル・ロコス子爵令嬢。

地位は低いけど、長く存在する歴史深い貴族であり、貿易で財政を支えているので下級貴族の中でも一番いい暮らしをしている。お金はあるので彼女の両親が次に望むのは上級貴族のコネ。ユミルは陛下の寵愛が深く、しかも養父は陛下の摂政。だからホワイトベルは両親の命令でユミルの取り巻きになっている。つまり、それは相手が大物なら誰でもいいということだ。何も彼女じゃなくても、私でも良いということだろう。

「ホワイトベル。彼女は使えるわね」

私はハクが調べ上げたユミルの取り巻きの書類に目を通し、ポールの資料は左に、ホワイトベルの資料は右に置いた。

ハクが用意した資料に目を通しただけでこの国の貴族がどれだけ腐っているのかが分かる。国という名の大蛇であっても頭が馬鹿なら別の大蛇に飲み込まれるだけ。それが国の運命というものだ。

「手にしても掃除が大変そうね」

カルディアスをテレイシアに呑み込ませるのか、お姉様の欲しいものだけを手にするのか。その見極めもお姉様から課せられた任務。

「実の妹に対して本当に容赦がない」

間違えれば死ぬかもしれないのに、お姉様は笑顔で私にこの任務を言い渡した。

『大丈夫よ、エレミヤ。そなたの代わりは幾らでもいるから』

それはつまり死んでも問題はないということだ。

ここだけ聞けば姉妹仲が破綻しているように見えるが、そういう訳でもない。私たち三人姉妹はとても仲が良い。

ただ女王である一番上の姉は欲しいものを手にする為なら手段を選ばない。必要なら妹を戦場にだって送る。

国の王というものは人であって、人ではない。

人間を治める王が人の心を失えばただの暴君。だが、逆に人の心を殺せない優しいだけの王では国を混乱させる暗愚王となる。

清濁併せのむ王こそが真の君主となるのだ。

ドアをノックする音が聞こえたので私は資料を全て隠してから入室の許可をした。入ってきたのはカルラだった。

彼女はブラッドリー・ジュンティーレ公爵が訪問をしたいという旨の手紙を持ってきていた。

早々に私に接触してくるのね。少し、緊張するけど私も早めに彼に会いたいと思っていたからちょうどいい。

私は訪問を許可する旨の手紙をカルラに持っていかせた。

◇◇◇

「お目通り叶いまして、恐悦至極にございます。王妃殿下。お初にお目にかかります。カルディアス王国で陛下より摂政を任命されております。ブラッドリー・ジュンティーレにございます。どうぞ、よしなに」

　そう言ってにやりと笑った男の歯からキラリと光る金歯が見えた。

　頭は毛が薄く、煌々としている。小太りの何ともいやらしい男だ。

「初めまして、公爵。あなたの噂は我が国にも届いていてよ。会えて光栄だわ」

（王を傀儡にして、国を好き勝手に動かしている悪名を私は知っているわ）ということを、私は先程の言葉に含ませた。ストレートではなく遠まわしに言うのが貴族社会では美徳とされる。面倒くさい。

　にっこりと笑う私にブラッドリーも笑顔を向ける。人の良さそうな笑みだ。

「……ところで、殿下は私の娘に会われたとか」

「ええ。お茶会の招待を受けたの。急なことだったので驚いてしまったけど。彼女は確か、元は平民の娘だったわね。陛下の番であることが判明して急に貴族の仲間入りをしたとか。あなたも大変ね。陛下の番を養女に持つなんて」

（マナーのなっていない子だったわ。平民の娘でも今は貴族。その責任は養父であるあなたにあるのよ）という私の言葉を正しく理解したブラッドリーは嘲笑する。

「陛下の寵愛深い娘を身内に持てるなど、光栄の極みです。娘は慣れないながらも何とか陛下の恥にならぬように努力した結果、無事王妃宮に住まうことが叶いました。私も娘を誇りに思いますよ」

（王妃として迎え入れられたにもかかわらず、客間しか与えられなかった女の戯言《ざれごと》に誰が耳を貸すか）

「しかし、殿下の言う通り。娘にはまだ至らぬことが多いようです。殿下と共に過ごすことでいろいろ学べたら良いと思っています」

つまり（お前も今からユミルに、その養父である私に媚《こ》びへつらう方が身の為ぞ）と遠回しに言っているのだ。

本当にどうしようもない国ね。自分の立場を理解できないバカばかり。

ブラッドリーの目は明らかに私を下に見ている者の目だ。嫁いですぐに冷遇され、おまけに旦那には既に心に決めた方がいる。

彼は私がそんな境遇を嘆いているだけの娘だと思ったのだろう。だから今から身の振り方を考えろと私に言ってきた。

私を通してテレイシアも同じようにするつもりだろうか。だとしたら愚かとしか言いようがない。もし私を人質にテレイシアに何かを要求してもお姉様は応じないだろう。

為政者として敵に捕まったノロマを切り捨てる。国の為に死ぬのは王族として当然の義務。お姉様はそれを知っている人だ。

「ご冗談を。公爵、私は王妃であって家庭教師ではないわ。それにユミルと違って私には王妃としての公務があるの。そこまで暇じゃないわ。彼女はお友達が随分多いわね。その人たちに学ばせたらいいじゃない。尤《もっと》も彼女たちから学ぶことがあればの話だけど」

にっこりと笑って私が拒絶すればブラッドリーは何とも間抜けな顔をしていた。

私ははっきりとブラッドリーにあなたの娘と仲良くするつもりはないと言ったのだ。

「っ。そうですか。あなたはもっと聡明な方だと思っていたのに、とても残念だ」

来た時とは違い、額に青筋を立ててブラッドリーは荒々しく部屋を出ていった。

私はそれを笑顔で見送る。これでやっと静かになった。

ブラッドリー。どれ程の者かと思ったけど大したことないわね。あんなに単純で短絡的な男の傀儡にさせられるなんて陛下って本当に間抜けね。

◇◇◇

「公爵にお会いしたそうですね」

昼下がり、ブラッドリーに会った不快な気分を払拭させる為に私は庭を散歩していた。そこへフォンティーヌが来た。私を心配して来てくれたようだ。

「ええ。なかなか退屈な時間だったわ。それよりもこの時間はまだ執務のはずでは？」

「普通ならそうですね。ですが、執務室に番様が来られたので急遽、休憩時間となりました。偶然、執務室からこちらへ向かうあなたが見えたので私はこちらに来ました。公爵の件は伺っていたので」

「私の侍女から？」

「っ」

申し訳なさそうな顔をするフォンティーヌに私は苦笑する。

「知っていたわよ。陛下がつけた、いいえ、ユミルだったわね。私に侍女をつけるよう進言したのは」

くすくすと私は笑う。

「あの子、本当に何様なのかしらね。私に侍女をつけたのはノーブレスオブリージュだと言ったのよ」

私の言葉にフォンティーヌは目を見開き、絶句してしまった。

私に言ったのだ。不敬罪で殺されてもおかしくはなかった。まぁ、陛下が止めるから無理でしょうけど。

「私の行動は全て侍女によって報告させているのでしょう。報告させてどうするのかしら？」

庭に咲き誇る薔薇《ばら》に触れる。ちくりと指に痛みがある。薔薇についた棘《とげ》で刺してしまったようだ。

まるでルビーの玉のような美しい赤が私の指に現れる。

「難癖を付けて投獄する？　それとも、手っ取り早く処刑してしまう？　あの陛下ならしてしまいそうね。私との婚姻の意味を理解しているとは思えないもの」

「否定できないのが臣下として辛いですね。しかし」

フォンティーヌはハンカチを取り出し、私の指に巻く。そして大切なものを閉じ込めるように両手で私の手を包み込む。

そんなふうに男性に触れられたことがなかったので私の顔は一気に熱を帯びた。そんなことに気づいていないフォンティーヌは真摯に告げる。

「そんなことは決してさせません。もしもの時は私がどのような手段を用いてもあなたをここから逃がします。あなたは現在、王妃ですが元はテレイシアの王女。この国と心中する必要はありません」

「わ、分かった。分かったから、手を放しなさい」

真っ赤に顔を染めながら私が言うとフォンティーヌは意外そうな顔をしながらも素直に私から手

を放した。私は気を取り直してフォンティーヌに聞く。

「あなたは心中する気なの？」

「私はこの国の宰相ですから」

運命とはなんと残酷なのだろうか。生まれた国が違えば、仕える主が違えば、彼も自分の立場や仕事に誇りが持てていただろう。今のように好き勝手する貴族を止められない無力さを感じることもなかっただろうに。

「そう。ご愁傷《しゅうしょう》様」

彼をテレイシアに誘うことはできる。でも、今の彼ではダメだ。陛下に呆れながらも陛下を見捨てられないでいるフォンティーヌを誘ったところでフラれてしまうだろう。

「殿下、公爵があなたに何かしないという保証はありません」

「そうね」

むしろ積極的に何かしてくるでしょうね。私の存在は彼にとっては邪魔でしょうし。近いうちに暗殺者でも送ってくるのかしら。若しくは侍女の誰かを使って毒を盛る。

可能性が高いとしたらブラッドリーの妻であるエウロカね。

「殿下、私を信じてくれませんか？　私の選んだ者を殿下の護衛につけさせてください」

本当に私を心配していることが彼から伝わってくる。

この国に来てから彼が一番まともで、私に対して真摯であったことは私が一番よく分かっている。

ここで意地を張っても仕方がないことも。

「あなたのことは信用しているつもりよ。私にとってこの国で信用できるのは今のところあなただけね」

私がそう言うと今度はなぜかフォンティーヌの顔が赤く染まっていた。いったい、どうしたのかしら。まぁ、いいわ。

「あなたの申し出を受けるわ。その代わり、私が任命したことにして」

「それは」

「あなたでは陛下に角が立つし、それに陛下から任命権を貰っているわ。それを使わずにあなたに任命させてしまったら前例を作ってしまう」

「成程。公爵ならば自分が選ぶと言いかねませんね。分かりました」

すぐに理解してくれる人と話すのは楽だ。とんとんと話が進んでいくから。

「今日の夕食後に連れてきます」

「ええ。お願いね。待っているわ」

第二章　媚を売るべき相手が誰かを分からせて差し上げましょう

一．新たな仲間

その夜、フォンティーヌは約束通り護衛を一人連れてきた。

青いメッシュの入った長くて赤い髪を上で結い上げ、片目の隠れた青年だった。

この国にいる騎士の素性を下っ端から全員、ハクに調べ上げさせて私が目をつけた一人でもある。

これは偶然か、フォンティーヌに企みがあってのことなのか。

「シュヴァリエと申します」

赤髪の青年はフォンティーヌが私に紹介をすると同時に優雅に頭を下げた。

「まだ若いですが、なかなか腕が立ちます。職務にも真面目に取り組んでおり、信頼の厚い騎士です」

「そう。シュヴァリエ、私はエレミヤ。これからよろしく頼むわね」

「はい」

フォンティーヌは私の部屋に長居をする訳にはいかないので、シュヴァリエを紹介したらすぐに出ていってしまった。シュヴァリエも出ていこうとしたけど、私が引き留めた。

「あなた、妹さんがいるわよね」

私の言葉に彼の警戒心が強まり、無機質と思われていた目に力が籠った。これは発言を一歩間違えれば死ぬかもしれないわね。と、思わせるぐらいには緊迫した空気が漂う。

私は敢えて彼に微笑みかけた。

この空気に呑まれてはダメだ。

「話があるの、座って」

私がソファーを示すと彼は躊躇った。ただの護衛が王妃の前で腰を下ろすなど常識的にあり得ないことだからだ。すぐに指示に従わないのは好感が持てるわね。

言われたことしかできない役立たずはいらないもの。

「座りなさい」

再度私が命じると彼は躊躇いながらも私の前にあるソファーに腰を下ろした。

「この国は面白いわね、シュヴァリエ。番というだけで何をしても許される。公爵の庇護にあるだけで違法が合法となるなんて私の国では考えられないわ」

「……」

無言で私を見つめる彼に私はホワイエルディ伯爵の資料を見せた。資料を読み進めていくうちに彼の顔色が変わる。

「……ノルン」

彼の目は暗紫色の少女のところで止まっている。伯爵が所有する奴隷の一人だ。

「義妹だそうね」

「はい。母が山で捨てられていたノルンを見つけて保護しました」

「母君はとある貴族の暴行にあって亡くなられた。それに怒ったあなたの父君がその貴族を殺し、犯罪者として処刑された。あなた方一家には貴族を殺したことで賠償金が発生した。そしてそれを肩代わりしたのはホワイエルディ伯爵。代わりにノルンは奴隷として彼に買われることになった」

私の言葉にシュヴァリエは苦笑する。

「随分、詳しいのですね」

「見ての通り、陛下の番ではない私は自分の護衛を確保することすら苦労するのよね。だからこの城の人間は徹底的に調べることにしたの。もちろん、全員を調べ終わるのはまだ先の話ですけどね。ホワイエルディ伯爵のご令嬢はユミルの取り巻きの一人よね。先日、ユミルとちょっとした諍いがあったの。だからその序に調べることになって偶然見つけたのよ」

私は紅茶を飲んで一旦、口の中を潤おす。

「ノルンは可愛らしい容姿をしているわね」

「ええ」

「おまけに魔族」

「っ」

どのような魔法が使えるのかは知らないけど、魔法の使えない竜族が魔族に興味を持つ。自分のステータス向上の為に魔族を奴隷として買うことは胸糞が悪いけど、よくある話。

「奴隷を所有しているという証拠もあるわ」

「どうせすぐに握りつぶされる」

「そうね。だって後ろにいるのは公爵ですもの。この国の摂政。だから作るのよ。公爵ですら庇えない状況を」

にやりと笑う私に、けれどシュヴァリエはすぐに食いついては来なかった。

「あなたの狙いはなんですか？　無償で助けてくださる訳ではないですよね」

「もちろん」

好きよ、あなたみたいに無償の善意だと簡単に差し伸べられた手を取らない子は。まさに理想の臣下ね。

「フォンティーヌがあなたに命じたことと同じよ。私の護衛をすること。私をちゃんと守ってね。裏切ることは許さないわ」

自分が一番大変な時に差し伸べられた手を裏切ることは難しい。ましてや身内を救ったとなれば感じる恩も大きいだろう。私はノルンを助けて初めて信頼できる臣下を一人、手に入れることができる。

「あなたは、なんて人だ」

（自分の為だとあなたは言う。けれど、得られるメリットよりもリスクの方が大きいことに気づいていますか。無償ではない。その言葉すら俺には俺に負担を負わせない為の方便に聞こえます）

そんなシュヴァリエの真意など知る由もない私は彼を見て首を傾げることになった。

小さな声で何か呟いた後なぜかシュヴァリエに困った子供を見るような温かい眼差しを向けられた。なぜ？　全く解せないのだけど。

「見た目とギャップがありすぎると言われませんか？」

透明に近い銀色の髪に白磁《はくじ》のような肌。見た目だけなら深窓の令嬢だ。まさか、こんな腹黒い女性だとは誰も思わないし、彼もそうだったのだろう。

「故郷でよく言われたわ。お前は黙っていればいいのにって。でも、この見た目ってかなり使えるのよね」

「そういう意味ではなかったのですけど」

「？」

いまいちシュヴァリエの言っている意味が分からない。首を傾げる私に彼は何でもないと首を左右に振る。

シュヴァリエは私の元に近づき、跪《ひざまず》いた。

「我が剣はあなた様の敵を全て排除し、我が身はあなた様を全ての敵から守る盾となりましょう。この命、この身は全てエレミヤ王妃殿下に。ここに騎士としての忠誠を」

そう言ってシュヴァリエは私の手を恭しく取り、キスをする。

「ええ、よろしく。何者からも私を守ってみせなさい。シュヴァリエ」

「御意」

ヘルマ視点

私の名前はヘルマ。エレミヤ妃殿下の侍女をしているけど、本当はユミル様の侍女。

私はユミル様の命令でエレミヤ様の情報をユミル様に流している。

「エレミヤ様は寝室に剣を隠し持っていたんですよ。それで侵入者を見事、撃破したって感じです。恐ろしいですよね。寝室に武器を持ち込むなんて。一体誰を殺す為に持ち込んだのか」

私がそう言うとユミル様は自分の体を抱きしめ、怯え始めた。

「まぁ、怖いわ。もしかして、それで私を」

可哀想なユミル様。

竜族にとって番は絶対の存在だ。守られるべき大切な方。

人族であり、他国から来た異人の妃殿下にはそれが理解できないようだ。

仕方がないとはいえ、少しは自分の立場を弁えてほしいものだ。

「ユミル様、陛下に言って護衛の数を増やしてはいかがですか？　それに最近ですが妃殿下は遂に護衛を一人つけられたとか」

「護衛を？」

「はい」

私は重々しく頷く。これも重要な情報の一つだ。ユミル様の命にも関わる。

「シュヴァリエというものです。父親は殺人を犯し、投獄されたのち牢獄《ろうごく》で自殺しています」

「まぁ」

口に手を当てて驚くユミル様に私は自分の考えを話す。きっと大きくずれてはいないだろう。

「蛙《かえる》の子は蛙と言います。父親が殺人鬼ならその息子であるシュヴァリエも同じ穴の貉。妃殿下がシュヴァリエにユミル様に害を与えるよう命じる可能性もあります」

少し遠回しに言ったけど、要はユミル様殺害を命じる可能性があるのだ。

妃殿下だって、いくら侵入者だったとはいえ何の躊躇いもなく人を殺すような野蛮人だ。きっと人の命など何とも思っていないのだろう。

「でも、そんな人道に反する命令を王妃様ともあろう方がするかしら？」

お優しいユミル様。でも、世の中はそんな人間であふれかえっているのだ。

世界の人間が全員、ユミル様のような方だったらきっと争いのない平和な世界だったろうに。

「人を躊躇いもなく殺した人です。それに侵入者だったとは言いますけど、果たして本当に侵入者だったのでしょうか？」

「何が言いたいの？」

きょとんとした顔でユミル様が問うてくる。彼女とは無縁の話ゆえにすぐに察することはできなかったのだろう。

「妃殿下が自ら招いた可能性だってあります」

「まぁ。それはカルヴァンに対する裏切りよ。それにテレイシアの王女様なのでしょう。そんなはしたないことをするかしら」

「そういう人なんですよ、エレミヤ王妃は。ですから陛下に頼んで護衛の数を増やしましょう。ユミル様にもしものことがあってはなりませんので」

ユミル様は納得してくださいました。そしてすぐに陛下を呼ぶように近くにいた侍女に命じた。

ユミル視点

私はヘルマの話を聞いて、すぐにカルヴァンに来てもらうことにした。

優しいカルヴァンは仕事よりも私を優先してくれた。真っ先に駆け付けてくれたカルヴァンに私は縋りついた。

そして、ヘルマの話を彼にもした。

「何だと、それは本当か」

「ええ。間違いないわ」

「お待ちください。その話には何の根拠もありません。それに、彼女に護衛をつけさせたのは私です。第一に王妃に護衛がついていないことの方がおかしい。そのせいで彼女は暗殺されかけたんです」

カルヴァンの側近であり、宰相のフォンティーヌが私に意見をする。

臣下のくせに生意気。

彼は苦手というか嫌いだ。さっさとクビにすればいいのに優秀で、カルヴァンの幼馴染だからってことで大目にみてあげているのに。

「それって本当なの？　エレミヤ様が自分から招いたんじゃないの？　テレイシアの王女は随分と貞操観念が緩いのね」

「エレミヤ様ではなく妃殿下か王妃様とお呼びください。あなたが気安く名前を呼んでいい相手ではありません。それと先程の言葉も撤回してください。邪心にまみれた言葉で妃殿下を汚すな」

「っ」

私に指図するだけではなく、吐き捨てるように乱暴な言葉を投げかけるなんて。

「私はカルヴァンの番よ！　私に指図しないで！　それに私は本当のことを言っただけよ」

「確かにあなたは陛下の番です。けれど、王妃ではない。この国で最も敬われる女性は国母である王妃のみ。それと確たる証拠もなく妃殿下を侮辱するようなことを言うのは止めていただきたい。あなたのその無責任な言動が我が国を窮地に追いやっているのです。そろそろ自覚をしてください」

何それ、意味分かんない。

私はカルヴァンの番。でも、カルヴァンは国の為に仕方がなく好きでもない女と結婚しないといけなかった。私はそれを許してあげたのよ。私は理解ある番だから。

私が許してあげたからあの女は今、王妃になることができたんじゃない。それを感謝すべきよ。それに証拠がなくてもだいたいあってるでしょう。見るからに男好きのする顔してるし。

「どうして、私が責められないといけないの。私は、エレミヤ様の非道な行いにも耐えているのに」

そう言って涙を流せばカルヴァンが抱きしめてくれた。

「フォンティーヌ、いい加減にしろ。エレミヤがどういう女かお前が一番分かっているだろう。それなのに、ユミルよりもエレミヤを優先するなど。幾ら幼馴染のお前でも許せることではない。お前に一週間の謹慎《きんしん》処分を言い渡す。少しは頭を冷やせ」

「本気で言っているんですか？」

「ああ。幾らお前でも俺の番を侮辱することは許さない」

「分かりました」

くすっ。ざまぁ。

苦々しく出ていくフォンティーヌを見て胸がすっきりした。こんな具合にあの女もさっさと自分の立場を自覚して出ていってくれたらいいのに。

帰る場所がないって言うのなら私がカルヴァンにお願いして侍女として雇ってあげても良いわね。だって、私は優しいから。

「ユミル、お前の護衛を暫くクルトに任せる。クルト、俺の番を頼んだぞ」

「お任せください。この命に代えても守ってみせます」

「よろしくね、クルト」

二．王の暴走

私は侍女の変装をしてユミルと陛下、フォンティーヌのやり取りを聞いていた。

フォンティーヌが謹慎処分を言い渡された時点で私はこっそりと部屋を出た。

誰にも見られないように注意をして空き部屋に入り、そこから隠れてついてきていたハクに転移魔法で部屋に戻してもらう。

侍女の変装セットはハクに渡しておく。

「何とも不愉快な話ですね」

眉間に皺を寄せながら言うハクは先程のユミルのやり取りを思い出しているのだろう。

「そうね。私が男を連れ込んだだの、ユミルを殺そうとしているだのとすごい発想。だいたい他国の王女相手に証拠もなくよくここまでのことが言えるわよね。本当なら不敬罪よ」

私は少しでも怒りを抑えようと髪をぐしゃぐしゃにかき回した。

「あの侍女についてはどうします？」

乱れた髪をハクが優しく撫でて整えてくれる。

「今ここでクビにしてもいいけど、どうせならもっと決定的なことをしてもらってから追い出した方がいいわね。ああいうのはエスカレートしていくものだもの。きっとユミルがヘルマを使って何か仕掛けてくるわ。ユミルの為に動いたヘルマ。そのヘルマをユミルが自分の分が悪いというだけであっさり切り捨てる。その様を見た彼女の味方はどう思うかしらね。きっと、次は自分の番だと思うでしょうね。現に城下での一件から侍女長に嘆願書が届いているらしいわ。ユミルの侍女を辞めたいって。まぁそんなすぐに受け入れられる訳がないから仕方がなく侍女をしている人もいればヘルマみたいに自分はユミルのお気に入りだから自分だけは大丈夫と高を括《くく》っている馬鹿もいるみたいだし」

ヘルマはユミルの名前を呼ぶことを許された侍女。そんな彼女が切って捨てられれば高を括っている連中も危機感を持ち始めるだろう。

結果、ユミルは孤立する。そこまで考えると少しは胸がスッとする。

自分の手足だからと適当に扱ってはいけない。簡単に手放してはいけない。だって、胴は手足がなければ何もできないのだから。それは頭とて同じこと。

ユミルって本当に馬鹿な子ね。

どたどたと部屋の外が騒がしくなった。誰が来たのか足音だけでまるわかりだ。

部屋の外でシュヴァリエが陛下ともめている声がする。

「ハク、フォンティーヌが謹慎処分を受けた件。その理由も含めて広めて頂戴」

「畏まりました」

一礼してハクは姿を消す。

さてと。私は気合を入れて。陛下ともめているシュヴァリエに声をかけた。

彼は渋々ながら陛下を私の部屋に入れた。

親の仇《かたき》でも見るような目で陛下は私を睨みつける。そんな陛下から私を守るようにシュヴァリエが背後に立つ。

それすらも忌々しいと言いたげな目だ。ちょっとうざいな。

「お前を投獄する」

「は？」

どたどたどたと騎士たちが無遠慮に私の許可もなく部屋に押し入ってきた。

剣を抜こうとしたシュヴァリエを私は止める。

「理由は？」

「理由だと？　白々しい。お前は俺の愛するユミルを殺そうとした」

「何の証拠があってそのようなことを仰っているんですか？」

どこまでも愚かな男だ。そして彼を支持しているこの騎士たちも。

幾ら王の命令とはいえ王妃の許可もなく入室をしたのならそれは処罰の対象となる。

私は私を投獄せんと構えている馬鹿どもの顔を見る。一人一人、顔と名前を一致させて頭に刻みこむ。

「証拠もなく憶測《おくそく》でものを言うものではありませんね。ましてやあなたは王なのだから」

「しらばっくれるな」

「では証拠をいますぐ提示してください」

「それは……」

「できないのならお引き取りを」

「証拠がなくとも動機はある」

苦し紛れに言う陛下に私もシュヴァリエも呆れてしまった。

それはつまり「死ねばいいのに」と思っただけで殺人の罪に問えるということになる。

それが実証されれば誰でも裁き放題じゃない。

それに悪いけど、私にはユミルを殺す動機なんてない。

「動機？　そんなものはありませんよ。もっと言うと彼女が死のうが生きようが私にはどうでもいいですね。私に迷惑さえかけないのなら」

「愚弄する気か」

「あなた方は私をかなり愚弄していますよ」

「黙れ！　お前はユミルと違って本当に可愛げのない女だな」

あなたに可愛いと思われたら鳥肌が立つ。

「お前は王である俺の寵愛を受けているユミルに嫉妬しているのだろう。だから彼女を殺そうと企んでいる」

今物凄くあなたを殺したいですよ、陛下。

「誰もが王の寵愛を欲している訳ではありません。現に私は何度も申し上げたはずです。愛などいらないと」

「っ。嘘をつくな。俺は誤魔化されないからな。そこのシュヴァリエを使ってユミルを殺そうと企んでいたんだろう。罪を認めるのなら減刑もやぶさかではないと思っていたがもういい。この二人を拘束しろ」

どうしますか？　とシュヴァリエが目で問うてくる。私はそれに何もするなと彼に視線のみで指示をする。

騎士の一人が私の腕を掴んだ。

「下民風情が、気安く触れるな」

「っ」

騎士は反射的に私から離れる。少し威圧しただけでこの様とは情けない。

「私は逃げも隠れもしませんわ。どうぞ、お好きに」

そう言って笑う私を騎士たちは苦々しい顔で連行した。

部屋を出ていく際、ヘルマの勝ち誇った笑みが見えた。

役者にも貴族にも向いていないわね。こんな簡単に表情に出すなんて。

そもそもこうもあっさりと連行される私を不思議に思わないものかしらね。

エウロカは驚き、固まっているが心なしか顔が青い。自分の夫がこの件に関与しているかもと思っているのだろう。

カルラは無表情で何を考えているか分からない。

彼女は敵でも味方でもない感じがする。だからって油断はできないけど。


「……ここ、本当の牢屋じゃない」

貴婦人には貴婦人用の牢屋が用意されている。それは普通の部屋みたいなところだ。でも、私が連れてこられたのは完全なる牢屋。

一般人や下級貴族が入れられるようなところだ。王妃である私が入れられるようなところではない。

「番様を害そうとしたお前にはぴったりじゃないか」

そう言って騎士たちは嘲笑った。

良い度胸じゃないか。誰に歯向かっているのか教えてあげよう。

私はかび臭く、じめじめした不潔な牢屋の中に入る。

こっそり跡をつけていたハクから僅かに殺気を感じる。

「番様、番様って馬鹿の一つ覚えみたいに。カルディアスって無能の集まりね。この国の妃殿下は私であって、あの馬鹿女じゃないわよ。全く。いつか倍にして返してやる。覚えてなさいよ」

一人になった私の独り言を聞いているのは気配を消して私についてきたハクだけ。

ミシェル視点

「陛下、何を考えているんですか！」

私の名前はミシェル。

フォンティーヌの同僚だ。

今、王宮内は騒然としていた。

フォンティーヌが番様の怒りを買い、謹慎処分となった。それだけではなく、何の証拠もない本当にあるのかすらも怪しい番様殺害計画を企てた罪で妃殿下が投獄されてしまった。

このことがテレイシアにバレたら間違いなく開戦だ。

そして、帝国がその好機を逃すとは思えない。

間違いなく一枚噛んでくる。何ならテレイシアと一時協定を結んで一緒に攻めてくるかもしれない。そうなればこの国は終わりだ。

今から家族を連れて逃げ出す算段を立てた方がいいかもしれない。実際、準備を始めている貴族がいる。

でも貴族として国民を見捨てる訳にもいかない。

「俺は当然のことをしたまでだ」

「番様暗殺計画なんてありません。妃殿下の許可もなく部屋を漁るような真似までして、紳士のすることではありません。それに何も出てこなかったではありませんか」

「上手く隠しているに過ぎない」

あるはずがないのだ。だってそんな計画自体、ないのだから。

「どんなに探しても出なかった場合はどうするんですか？　王宮内くまなく探しても出なかった場合は？」

「その時は仕方がないから牢屋から出してやるさ」

出してやる、ね。

謝罪する気もないのか。謝ったところで許されることではないけど。

「それより、何だこの仕事の量は。ユミルに会いに行く時間がちっともとれないじゃないか」

そんなことじゃないだろ！　あんたが投獄してるのはテレイシアの王女だぞ。

それに仕事が山積みなのはあんたの自業自得だ。

「陛下がフォンティーヌを謹慎処分にするからですよ。今まではフォンティーヌがしていましたので」

フォンティーヌのことを聞いて、完全に陛下から心が離れた貴族は多い。私もその一人だ。

あそこまで陛下の為に頑張ってきたフォンティーヌですら番様の為に処分してみせた。

あんた知らないだろう。

城下に流れている噂。番様と陛下の悪評をフォンティーヌが頑張って消していたのは貴族の間では有名な話だ。

「私も仕事があるので失礼します」

と言って出ていったが私はその足でフォンティーヌの邸へ行く。

「……殿下が投獄」

私の話を聞いたフォンティーヌの顔は青を通り越して白になっていた。頭の良いやつだ。この国の未来が真っ先に浮かんだのだろう。

「妃殿下は何の抵抗もせずに投獄されたのか」

「そう聞いている。下手に抵抗されて怪我されるよりはマシだろ」

「絶対に何か企んでる」

「は？」

まぁ、ちらっとしか見てないから分かんないけど。ぱっと見は深窓の令嬢みたいな綺麗な人で何かを企むような腹黒い人には見えなかったけど。

そんなことを考えていた私はそれから数日後、フォンティーヌの言葉の意味を理解することになった。

誰かが意図的にしているとしか思えないぐらいに妃殿下が投獄された情報が出回るのが早い。

貴族にも城下にも広まっている。

周囲からは不安の声が聞こえる。これ、ちょっとまずいんじゃね？　ってレベルだ。

フォンティーヌの様子を考えると妃殿下が流してるんだろうな。

あの人はこの国をひっかき回して、どうする気なんだろう。

それから数日後のことだった。

結局、番様暗殺計画の証拠は出ず。更に周囲の貴族の圧力に負けた陛下は渋々、妃殿下を牢屋から出すことにした。

牢屋から出た妃殿下はとてもいい笑みを浮かべて陛下に嫌味を言っていた。それと妃殿下の投獄に一役買った騎士たちの家はそれからいくつもの不正が発覚して没落した。

彼女は一番怒らせてはいけない相手だと思った。

◇◇◇

「王宮内で私が処分を受けた件がとても早い段階で噂になりました。おかげですぐに処分は解かれました。妃殿下が噂を流したんですか？」

牢屋から出られて久しぶりに美味しい紅茶を味わっていたらフォンティーヌが藪《やぶ》から棒に聞いてきた。

「あの場に殿下もいましたよね。またもや侍女の恰好をして」

「私がどこで何をしようと私の勝手よ。それに、別にあなたの為だけにやった訳ではないわ。腹が立ったから仕返しをしただけよ。その結果、あなたが早めに処分を解かれたのは僥倖《ぎょうこう》ね。でも偶然の産物。決して意図した訳ではないわ。勘違いをしないように」

私の言葉にフォンティーヌは苦笑した。なぜだろう。最近よく見る。この困った子供を見るような温かな眼差し。ちょっと居心地が悪い。

「それでも、あなたのおかげであることに変わりはありません。あなたのおかげで早めに仕事に復帰できました。おかげで仕事が溜まることもなく、何日も徹夜で仕事を片付けるようなこともせずに済みました」

この人、どれだけ仕事を抱えているのかしら。ちょっと心配になってきたわ。

……でも、私には関係のないことよね。私はテレイシアの王女で、お姉様の命令を受けてこの国を支配する為に来たんだから。

フォンティーヌを心配する必要なんてないわ。亡国になる国の臣下のことなんて……。

「ありがとうございます。殿下の情報操作はいつも見事ですね。それと番様暗殺計画の件、力及ばず申し訳ありません」

「あなたは謹慎処分を受けていたんだもの。仕方がないわ」

それにしても陛下は完全にアウトね。多分フォンティーヌの心は陛下から離れた。自分が処分を受けたということではなく、証拠もなくユミルの言葉を鵜《う》呑みにして私を投獄したことによって。

いろいろあったし、貴重な体験もさせてもらったけど取り敢えず私は普段の日常を取り戻した。

そんな時、またもや事件が起きた。なかなか平穏とは程遠い日々を送っている。

「これは一体、どういうことかしら？　あなたたちはお留守番もろくにできないと思っていいのかしら？」

シュヴァリエを護衛につけてからは気持ち的にも楽にはなった。

寝る時すらも気が抜けず疲れも徐々に溜まってきていた。なので夜の護衛はありがたい。

この国の人間は誰も信用ができない。

ある日の夜、シュヴァリエとカルラを連れて外に出ていた。

戻ってみると泥棒にでも入られたのではないかと思うぐらい部屋が荒らされている。

故国から持ってきたドレスはズタボロだ。

部屋にはヘルマとエウロカを待機させていた。

「申し訳ありません」

エウロカは言い訳もせずに頭を深々と下げる。まるで自分だけが悪いのだとでも言うように。

「私がちょっと目を離している隙に気がついたらこうなってたんです」

あくまで自分のせいではないと主張するヘルマ。

ここの使用人も臣下も本当に質が悪い。

「目を離していたですって？」

ギロリと睨むとヘルマはわずかにたじろぐ。

「主人がいない間に部屋を荒らされていたのなら管理をしている使用人の責任。留守を任されたのに大した理由もなくその場を離れたというのなら職務怠慢ね。信用問題に関わるわ。それともクビになりたいのかしら？」

にっこりと微笑んで言えばヘルマは目を見開き、はしたなくも声を荒らげる。

「はぁ!?　有り得ないんですけど。なんで私があんたに首を切られないといけない訳？」

怒りのあまり、敬語が抜けてるんだけど。

本当にここの侍女はダメね。この程度で仮面を脱いでしまうなんて。

田舎貴族の使用人だってもっとまともなのを雇っているわよ。

「あなた知らないのね。王宮の使用人の任命権は王妃にあるのよ」

「こんなの横暴だわ！　私は何もしていないのに」

「だから私は怒っているのよ。主人の留守を守ろうとしなかったあなたたちを」

「嫌われ王妃のくせに」

ヘルマは私を睨みつけた後、踵《きびす》を返した。

ばんっ。

壊れるのではないかと危惧《きぐ》するぐらいの勢いでドアを閉めてヘルマは出ていった。

それからすぐに後宮に来るようにとユミルの遣いが私の部屋にやってきた。

私を自室に呼びつけるなんて一体何様だ。

「私はユミルの使用人でもなければ格下でもないわ。用があるならそちらから出向きなさい」

と、追い返した。

すぐにユミルはやってきた。

不機嫌そうではあるが、一応淑女の笑顔は携えている。

わざわざ来てやった感はひしひしと伝わってきた。

荒らされた部屋はカルラとエウロカに綺麗に片付けてもらった。

「それで私に何の用なの？」

「エレミヤ」

「王妃様か殿下よ。あなたに名前呼びを許した覚えはないわ」

ユミルの言葉を遮るように言う。ユミルは眉間に皺を寄せた。

「私はカルヴァンの番なのよ」

「知っているわ。だから何？　私は隣国の王女でこの国の王妃。対してあなたは元庶民の愛人。立場は私の方が上よ。公爵はあなたに貴族の礼儀作法を教えなかったのかしら？」

小馬鹿にしたように鼻で笑ってやれば、ユミルからぎしりと奥歯を噛みしめるような音が聞こえた。

あらあら可愛い顔が台無しよ。

「プライドと立場しか持っていないのね、あなたは」

負け惜しみのようにユミルは言うけど、私はその言葉が臍《へそ》で茶を沸かせるぐらいおかしかった。

「何を言っているの？　あなたは何も持っていないじゃない」

「私はカルヴァンに愛されているわ！」

だから何だ。

これだから何も知らずに貴族入りした元平民は困るのだ。

「カルヴァンにしか影響を及ぼせないなら国にとっては必要ないわ。この国に大きな影響を与えられるからこそ私はこの国の王妃なのよ。あなたでは力不足」

「っ」

ユミルは目に涙を溜めて部屋から出ていった。

彼女は私に用があったはずだけど、まぁいいか。

彼女の用なんて興味無いし。

どうせ、この後も面倒なことが起こる。

ばんっ。

ノックもなしに勢いよく自室のドアが開く。

すぐさまシュヴァリエが私を守るように陛下の前に出る。

「どけ」

シュヴァリエが視線で「どうしますか？」と問うてくるので私は彼に下がるように指示を出した。

それにしても単純な男だ。彼を出したければユミルにちょっかいを出せばいいなんて楽な相手と喜ぶべきかしら。ただ、言葉が通じないから厄介なのよね。

「言ったはずだ。ユミルを苛めるなと」

「苛めた覚えはありません」

どんっ。

陛下がテーブルを殴った。ぎろりと睨みつけてくるけど、全く怖くはない。お姉様の方が比べものにならないぐらい怖い。

お姉様に視線を向けられただけで心臓が止まった人間がいるなんて噂が出回るぐらい迫力のある人なのだ。女王とはそれぐらいの迫力がなければ貴族を統制することなんてできない。

「嘘をつくなっ！」

彼にとっての正義はユミル。ユミルが言ったことが全てなのだ。

ガキ。

私は心の中で毒づく。荒れ狂う心を鎮める為に紅茶を一口飲む。

すーっとミントの爽快感が喉を通り、全身を巡って沸騰していた私の血液を穏やかにしてくれる。

これで少しは冷静に対応ができる。

「陛下」

お姉様を真似て低く唸るような声を出すと陛下はたじろぐ。大事に、宝物を宝箱に仕舞うように育てられたのだろう。だから彼は王家の長子でありながら少しのことで動揺するのだ。

王族なら多くの一癖も二癖もある人間に揉まれて成長する。感情の殺し方も彼らから学ぶのだ。

でも、陛下は子供がそのまま大人になったような人。普通なら貴族に食い潰されている。

「やっていないことをやったと証明することは私にはできません。それと、あなたはそろそろ思い出すべきだと思います」

私の言葉に陛下は怪訝な顔をする。

「俺が一体何を忘れていると言うんだ？」

彼の言葉には皮肉気な笑みが漏れてしまった。

「私がテレイシアの元王女ということです。レアメタルの輸出を止めさせてもよろしいのですよ」

「何だと！　そんな我儘が通ると本気で思っているのか！」

レアメタルとはテレイシアで産出される鉱石であり、武器の元になるものだ。

輸出を制限されればまともな武器を手に入れることが難しくなる。

「通りますよ。私のここでの境遇を訴えれば」

自国の王女が嫁いで冷遇されている。それを許せば大国テレイシアの権威が揺らぐ。お姉様がそんなことを許すはずがない。

「友好国の関係に罅《ひび》が入るだろうが」

「それをなさろうとしているのはあなたの方でしょう。ここまで冷遇されて罅が入らない関係なんてありませんわ」

「冷遇なんかしてないだろう」

「後宮に入れない王妃がいますか？　侍女にも護衛にも苦労する王妃が居ますか？」

「殿下、陛下にとって大切な番様にそれらを割くのは当然のことです。陛下には番様がおられます。それでも番様ではなくあなたを王妃に据えました。それのどこが冷遇だと言えるのですか？」

侮蔑を込めた眼差しでクルトが私を見る。

隣にいたフォンティーヌがクルトを殴ったのが視界の隅に映った。クルトは文句を言おうとフォンティーヌを見るが、彼の絶対零度の顔に怯える犬の幻影が見えた。

「クルト・ワイル・クリーンバーグ。誰が発言の許可を許しましたか？　私の前に立つのなら最低限の礼儀ぐらい身につけなさい。それと現状を認識できないのなら発言はしないことね。自らを貶めるだけだわ。私としても不快にしかならないし。口を閉ざすことがお互いの為よ」

私は馬鹿な彼らに分からせるように彼らを見据える。お姉様を思い出しながら、人を従える王者の風格とはこういうものかしらねと思う。

「もう一度言います。忘れているのなら思い出してその身と心に、魂に刻みつけてください。私はカルディアス王国の友好国であるテレイシア王国の元王女です。あなた方に見下されることもユミルよりも格下に扱われることもあってはならないのよ。私に何かあればテレイシアが黙っていないわ。それを理解したうえで行動なさい」

話はそれで終わりだと私は彼らを追い出した。

追い出す前に侍女ヘルマを解雇する旨を陛下には報告した。文句を言おうとした陛下をフォンティーヌが遮った。

「ここは後宮ではありませんが、本来なら後宮の使用人の任命権は王妃様にあります。ヘルマを解雇することを殿下が決めたのなら、こちらが否を言うべきことではありません」

彼の言葉に陛下は渋々ながら従った。ただ帰り際に「自分から切ったんだ。人手不足になってもお前のせいだからな」と言っていた。

任命権は私にあるのだから私が自分で選ぶ旨は忘れずに伝えておいた。

やることはまだまだあるが、これで少しは大人しくなるだろう。

三．新しい侍女

ヘルマは泣いて縋ったようだけど、私は王宮から追い出した。

ヘルマを憐れんだユミルが、彼女を自分の侍女にしようとしたらしいけどそれは許可しなかった。

そのせいか、私は気に入らない侍女を理不尽な理由で辞めさせた最低最悪の王妃という噂が城内に広まった。

噂を流しているのはユミルだ。

その証拠は既に掴んでいる。お粗末な頭では証拠を残さないという考えには至らないらしい。

まぁ、今更城内で孤立しようがどうでもいいけど。

それに私も噂を流している。ユミルがヘルマを使って私を貶めようとしたこと。そしてユミルにはヘルマを助ける力がないことも。ヘルマが追い出されたのはユミルのせいだと。

私が流した噂とユミルが流した噂、どちらに軍配があがるのか。今から楽しみだ。

一つ片付いたところで私はシュヴァリエの妹、ノルンを手に入れる為に動き出していた。まず、ホワイエルディ伯爵の黒い噂をいろいろ流した。

まぁ、全て事実なんだけど。

奴隷のことや麻薬のこと。

伯爵は火消しに奔走中。その様子を大変ねぇと他人事のように眺める。

次にお姉様の部下を一人借りた。その部下は魔族だ。

伯爵が今まで使い潰して殺した奴隷をハクに調べてもらい、その特徴を把握。

彼が殺してきた人間をお姉様の配下の魔族を使って幻影を見せて精神的に追い詰めた。

「あら、伯爵。ごきげんよう」

王宮の廊下を歩いていると目の下に隈を作った顔色の悪い男がやってきた。私は図書室に行くふりをして彼がここを通るのを待っていたのだ。

「これは、王妃様」

一応は私が誰か分かっているみたいで彼は私に軽く頭を下げる。彼は公爵側の人間。私のことを快く思ってはいないはずだけど、さすがは貴族。顔には出さない。

「ご機嫌麗しゅう」

「あなたは、そうでもないみたいね。顔色が悪いわよ」

私の言葉に伯爵は力なく笑う。

「ここ最近、あまり眠れませんでね」

「そう。悪夢でも見るのかしら？　例えば、夜な夜な亡霊が出るような」

私の言葉に伯爵が僅かに反応する。けれど、すぐに笑顔を携えて応戦する。

「王妃様はご冗談がお上手ですね」

「あら。否定なさらないのね」

「何のことやら」

お姉様からお借りした配下の魔族による精神干渉の魔法で見せている悪夢。悪夢にうなされて目覚めた後にとどめとばかりに亡霊の幻影を見せている。

「夢というのは人の深層心理を映し出すことがあるそうですよ。悪いことはできませんね、伯爵」

彼は笑みを消して何か探るような目を私に向けてくる。

後ろめたいことをしている人間は少しの不安要素でも存在するなら排除したいと望むもの。

「そういえば、今いろいろな噂が飛び交っていますね。何でも伯爵が奴隷を保有しているとか、麻薬を所持しているとか」

噂は何度消されても再燃する。全て私が仕向けたこと。それも伯爵を追い込む為に投じた一石。

疲れも相まって冷静な判断をする理性が働かなくなってきているだろう。

「根も葉もない噂ですよ、王妃様。私を妬んだ誰かが私を陥れようとしているのです。貴族ではよくあることですよ。最も、王女として大切に育てられたあなたには分からないでしょうが」

最後の言葉には私に対する嘲笑が見えた。何も知らないくせにどうしてみんな人を決めつけるのだろう。王女というだけで甘やかされて育ったなんて。

もしそうなら私がこの国に嫁ぐことはなかっただろう。私を愛してくれる常識的で優しい人の元へ嫁いでいたはずだ。

「火のないところに煙は立たないものですよ、伯爵。全てが明るみになっても公爵様が助けてくださるといいですね」

私はそう言って彼と別れた。

背後から私を睨む伯爵の視線を感じてほくそ笑む。当然、私が背を向けている伯爵はそのことに気づきはしない。

「殿下、なぜあのようなことを？」

人の気配が完全になくなるのを確認して、それも用心の為に声を潜めてシュヴァリエが聞いてくる。心なしか彼の目にいら立ちの感情が宿っているように見える。

あまり感情を表に出すタイプではないので分かりにくいけど。

「あのように挑発して、もし彼が仕掛けてきたら」

「その為の挑発よ」

「殿下」

私を咎めるシュヴァリエの口に人差し指を当てて封じる。彼は不服そうに私を睨んでくるけど、気にしない。

「近いうちに私を殺そうと刺客が放たれるでしょうね。王妃暗殺未遂はさすがに公爵も庇いきれない。そこに追随するように奴隷の密売や所有の証拠が出てくる。もう伯爵は切るしかないわね。でなければ自分に火の粉が飛んでくるもの。私なら、そうするわ」

「ご自分の命を囮に使うなど」

「くだらない心配をしている暇があなたにあるのかしら？　何の為の護衛よ。つべこべ言わずに仕事をしなさい」

「御意。あなたの専属護衛としてどのような悪鬼からも守ってみせますのでご安心ください」

私を守り抜く騎士としてシュヴァリエは力強く頷く。

◇◇◇

伯爵はよほど追い詰められていたのだろう。

彼を挑発した日の夜に刺客が来た。

黒装束に身を包んだ男は躊躇いもなく私のベッドに剣を突き刺そうとした。

剣が振り下ろされる瞬間、男の視界をベッドのシーツが覆った。

慌ててシーツを払いのけ、戦闘態勢に入ろうとしたが既に遅い。

男の持っていた剣はシュヴァリエの剣で弾かれた。

シュヴァリエは男の背後に回り、男の動きを封じた。シュヴァリエによって床に叩きつけられた男の前に私は立つ。

殺意を向けられたが私は気にしない。

普通の令嬢ならプロが放つ殺気だけで失神しているだろうが、生憎私にはそんな繊細さは備わっていない。

テレイシアでは王女でも戦場に立つことがある。

私は実際に立ったことはないけど、実戦経験はある。

私だけではない。テレイシアの王族はみんな戦闘訓練をして、実戦も積むものだ。いざという時に備えて。

備えあれば憂いなし。これが我が家の家訓だ。

因みに私はクローゼットの中に居た。ベッドの中に居たのはシュヴァリエだ。

最初、私のベッドで寝ることに滅茶苦茶、抵抗していた。

『俺は男であり、臣下です。幾ら任務といえども妃殿下のベッドに寝ることはできません』

『暗殺者が来たら真っ先にすることは布団に包まっている人間を剣で突き刺すことよ。経験済みだから間違いないわ』

『経験済みぃっ！』

真っ青になるシュヴァリエに私は詰め寄る。

『あなたは私の護衛よ。護衛として主人を守る為に手段を選ぶ必要があるの？　ないでしょう』

『ですが、本来ならこの寝具に寝るのは俺ではなく陛下』

『あの男を私のベッドに上げる気など毛頭ないっ！』

冗談じゃない。誰があんな自分本位で、被害妄想だらけの無能、最低野郎なんか。

私が怒鳴ったことに驚いたシュヴァリエは目をぱちくりさせていた。

『いいこと。近々、必ず暗殺者が来るわ。来るのは深夜。誰もが寝静まった時間帯よ。ここで寝ていたら真っ先に私が殺されるでしょうね。あなたは護衛としてそれを良しとするの？』

私の言葉にシュヴァリエの表情が変わる。私を守る騎士の顔つきに。

『あなたはここで私の代わりに殺され役になっていればいいのよ』

という説得の元、現在に至る。

「すぐに来てくれて助かったわ。でなければ、私は暫くクローゼットの中で夜を過ごすことになっていたから」

いつ刺客が来るか分からないから数日はクローゼットの中で寝ることを覚悟していた。

「さて、いろいろ話してもらうわよ」

「はっ。俺が容易く話すとでも思ったのか。くっ」

男は小ばかにするように私に言う。

彼の態度が気に入らなかったのだろう。彼の腕をねじ伏せている手にシュヴァリエは力を込めた。

シュヴァリエが彼の肩関節を封じているせいか、少し力を込めただけでも関節に痛みが走るようで男は僅かに呻いた。

「いいのよ、別に。人を思い通りにする方法なんて幾らでもあるもの」

私はシュヴァリエによってねじ伏せられている手とは逆の手をそっと触った。彼は私の動きを警戒するように見ている。警戒したところで今の彼には何もできないけど。

「ねぇ、知っている？　人間を形成する骨が何本あるのか。赤ちゃんで約三百五個。成長するにつれてくっついたり離れたりして大人になると二百六個になるんですって。ねぇ、人は何本の骨を折られたら死ぬのかしらね」

私がそう言って笑えば暗殺者は顔を青ざめさせた。体を震わせながら、けれどプロとしての矜持か、彼は気丈にも私を睨みつけてきた。

「お、俺は何も話さないぞ」

「なら、話せるようにするだけよ」

そう言って私は彼の指を握った。何をされるのか推測した男は震えながら「止めろ」と言ってきた。

「あなたは『止めろ』と言った人間に手心を加えたの？　加えなかったでしょう。泣き叫ぶ女を手ひどく扱うのはとても楽しかったでしょう。私も同じよ。あなたたちみたいな下種が泣き叫ぶ姿はとても楽しいわ」

ごきっ。

私は彼の指を折った。彼は奥歯を噛み締めて悲鳴を押し殺した。

彼の額からは一気に汗が放出され、顔は痛みで歪められている。

「今のはあなたがこれまで傷つけてきた人たちの分よ。最も彼女たちが味わった痛みはこの程度ではなかったでしょうけど。残念ながら今は時間がないの。さっさと本題に入りましょう。あなたが私の質問に素直に答えればそれだけ早く終わるわよ。あなたの雇い主は誰？」

「誰がお前に話すものか。ぐっ」

私は彼の薬指の骨を折った。

「今のは話さなかった罰よ。さぁ、もう一度聞くわ、あなたの雇い主は誰？」

「……」

彼はだんまりを決め込んだので私は次に中指を折った。男は唇を噛み締めて漏れそうになる悲鳴を堪えていた。

すぐに話すとは思っていないので問題はない。

「あなた、死にたいの？」

男は結局、指を全て折っても話さなかったので今度は手首の骨を折ってみた。

「お、俺が死ねば情報が手に入らないぞ」

痛みのせいか冷や汗をかきながらそれでも男は屈するまいと、最初よりも鋭い殺気を私に向けてきた。大した男だ。

王宮にいる騎士よりも有能だなとちょっと場違いなことを思ってしまった。

「どのみち話さないのなら生きていようが死んでいようが同じことよ」

それに雇い主が誰か見当はついている。これは最終確認と可能であれば当事者の証言が欲しいだけだ。

「お前、本当に王妃かよ」

「ここの王族しか知らないのならご愁傷様。王族にだっていろいろいるのよ。あんなのばっかりではないわ」

「この、悪魔が」

「光栄ね」

私は拷問を続けた。必要なことだから。

途中、吐きそうになった。でも平気な顔をして拷問を続けた。この程度、お姉様だってしていることよ。その妹である私が怖気づく訳にはいかない。

そう、これくらい平気よ。これは必要なことよ。

途中、シュヴァリエが代わると言ってくれたけど私は拒んだ。

臣下だけに汚い仕事をさせる訳にはいかない。自分の手を汚す覚悟もなくここへ来た訳ではないのだから。

私は守られるだけの王女ではないのだ。

私はテレイシアの王女なのだ。


暫くは悪夢にうなされ、何度も飛び起きた。目を閉じればあの暗澹《あんたん》たる光景が浮かんでくる。

彼らの苦痛を訴える悲鳴、恨み言が私の耳からこびり付いて離れない。

私は自分を守るように両腕で抱きしめて必死に耐えた。忘れてはいけない。この恐怖も、体の震えも。彼らが私に向けてきた感情も。私が彼らにしたことも。

彼らが私を忘れない限り、私も忘れてはいけないのだ。

シュヴァリエ視点

「やっとお眠りになったか」

妃殿下の護衛を務めてまだ日が浅い。それでも分かることがある。

妃殿下は傲慢不遜で冷酷無慈悲な最悪な女だと、剣を振り回す野蛮人だと噂で聞いていたが、実際の彼女は何も切り捨てられないくせに心を殺して全てを切り捨てようとする哀れな人だということ。

彼女が何を成そうとしているのか俺には分からない。

目を閉じれば今でも鮮明に思い出す。

平気な顔で顔や服を血で汚しながら拷問をする妃殿下。しかし、平気なのは表情だけ。彼女の体は小刻みに震えていた。

それでも妃殿下は俺に代われとは言わなかった。しびれを切らして自分から提案したら却下された。

「汚れ仕事なんて、下々にさせればいいのに」

俺は部屋の護衛をしながら悪夢にうなされては飛び起きる妃殿下を思い、ため息をつく。

叶うのならあの方が背負っている全ての苦しみを代わりに背負いたいと思う。

優しいあの方が傷つく必要などないのだ。

最初は妹を助けてくれた恩を返すつもりで護衛を続けていた。でも今は心から守りたいと思う。

気が付いたらエレミヤ殿下は俺の中で忠誠を誓うに値する大切な主へと変わっていた。

暗殺者視点

俺はある人の命令でエレミヤ王妃を殺そうとした。

簡単な仕事だと思った。

王妃様なんて争いごととは無縁の存在だし、剣なんて持ったこともないだろうと高を括った。

だって貴族の令嬢や王族の女なんてフォークよりも重たいものを持ったことがないなんて例え話が大げさではない程甘い世界の住人だろ。

でも、その考えはすぐに覆った。

まず、王妃の寝室に侵入した時点で嫌な予感がした。

王妃がこの国の王に蔑ろにされているというのは本当だろう。まさか、護衛の一人もついていないなんて。しかも、こんなにあっさり入り込めるなんてこの王城内では殺し放題じゃないかと思った。

俺の嫌な予感もことが順調に進み過ぎているせいだろうと自分に言い聞かせた。

それでも俺の勘が警鐘を鳴らす。

だから俺は一緒に忍び込んだ奴らの後ろに控えていることにした。

それは正解だった。

ばさりと俺たちの視界を一枚の布団が覆った。

「ぐあぁっ」

一番最初に王妃を殺そうと突っ込んだ仲間の悲鳴が上がり、血が宙を舞った。俺たちの仲間が一人殺された。

ベッドの中に入っているのは王妃じゃなくて、護衛だったんだと身構えた。

けど、予想はまたもや外れた。

月光に照らされた銀色の髪。

華奢な体をしているのに、敵わないと一瞬で思わせてしまう威圧。

これが何も知らない甘ちゃんの世界で生きている女だと言うのか。

仲間が次々に倒れていく。

俺たちはいつだって狩る側の人間だった。でも、今日は違う。俺たちは人生の最期、人生で初めて狩られる側になった。

「たくさんの外道を見てきたけど、この国の貴族どもは本当にどうしようもないな」

あの日、俺はエレミヤ王妃に殺されなかった。

彼女の気まぐれなのか、戦いながら見極めていたのか。その結果、俺が選ばれたのか分からない。

エレミヤ王妃を暗殺しに行った日、仲間を全員、彼女に殺された。

最後に残った俺にエレミヤ王妃は自分の手足になるのなら殺さないと言ってきた。

もちろん、すぐには俺のことを信じられないからと暫くは監視付きだったけど。

今ももしかしたら監視がついているかもしれない。それは分からないけど、とにかく俺は生かしてもらう代わりにエレミヤ王妃の手足になった。

そして今は彼女の命令でホワイエルディ伯爵の邸に忍び込んでいる。

そこで伯爵の犯した罪の証拠探しだ。出るわ出るわ。まるで犯罪の宝庫のような邸だった。

使用人の中にも奴隷がいるし。

伯爵は毎日、綺麗な奴隷の女と楽しんでいるようだ。こんなのが貴族なんてこの国、よくもってるよな。

俺は必要な証拠を全て持ってエレミヤ王妃の元へ戻る。

俺たちみたいなのは使い捨ての駒にされやすいが、何となくエレミヤ王妃は俺を個人として見てくれている気がする。彼女は立場上、俺を捨て駒にする可能性もある。でも、無駄死にはさせないような気がする。

そういう人に仕えるのも悪くはないと思う。


部屋に戻るとエレミヤ王妃は最近、護衛になったシュヴァリエと一緒に侵入者の拷問中だった。

彼女は冷酷な人みたいだけど、本当は人情の深い人だと思う。だからこそ、奴隷に対して手ひどく扱っていた俺の仲間は容赦なく殺されたのかもしれない。

逆に俺はあまり興味がなかった。暗殺は自分が生きていく手段だからこそ、仕事でない限りは手を出さなかった。

俺が生きているのはそれが功を奏したのではないかと最近思うようになった。

「随分と粘るのね」

不敵な笑みを浮かべながらエレミヤ王妃は侵入者の骨を一本、また一本と折っていく。つくづく規格外の王妃様だ。

そんな王妃様に俺は手にした証拠を渡す。

「あの晩、あなただけは真っ先に飛びつかず様子を見ていた」

あの晩というのは俺が王妃様を殺しに行った時のことだろう。

「勘が途轍もなくいいのね。犬並みに。だからこそ学のない暗殺者であるあなたでも犬以上の働きができるのね。私の見立てに狂いはなかったわ」

「……」

俺が持って帰った証拠を満足そうに見つめる王妃様。

とっても分かりにくかった。あれ、これって貶されてるの？　とか、最後の方とか自画自賛かよって思ったけど、たぶん俺のことを褒めてくれたのだろう。この人、こんなに不器用でよくこれまで生きてこれたな。

よく知らないけど王侯貴族って社交性に富んでないとダメなんだろう。王妃様、致命的じゃん。

◇◇◇

陛下は無能で公爵の言いなりのような人だけど正義に厚い理想主義者でもあったようで、伯爵の人身売買について激怒。

証拠は私がフォンティーヌを通して提出しておいた。

「ちょっとした伝手があって、偶然手に入ったものなの。私には必要のないものだから、良かったらあなたにあげるわ。いらないならゴミ箱にでも捨てて頂戴」

「一体どうやって手に入れたのやら。いえ、もう何も聞きません。大事に使わせていただきます」

と言ってフォンティーヌは呆れたような顔をして証拠を受け取ってくれた。

「こんなものは偶然で手に入るものではないのですが」と去り際にフォンティーヌが苦笑交じりに言っていたけどスルーした。

伯爵は麻薬の所持と王妃の暗殺未遂により領地と財産没収、爵位返上となった。

奥方と娘は奥方の実家に身を寄せることになったがこれほどの醜聞だ。もう二度と社交界に出ることは叶わないだろう。

伯爵自身は処刑となった。最後まで公爵が助けてくれることに縋っていたが、いやそれしか縋れるものがなかったのだろう。

当然だが、公爵はあっさりと伯爵を切り捨てた。

「伯爵は良き忠臣であった」

私もこの事件の当事者である為、執務室で陛下から報告を受けていた。そんな時、陛下は机の上に置いている拳を握り締め、苦痛にでも耐えるような顔をしていた。

そんな陛下をクルトは痛ましそうに見ている。

フォンティーヌは完全に無視して私に報告を続けている。

忠臣、ね。と、私は彼の言葉を心の中で嘲笑った。

どんっ。

陛下が机を拳で叩いたことで報告を続けていたフォンティーヌはそこに陛下がいたことに初めて気づいたかのように視線を陛下に向けた。

「俺は未だに信じられない。彼があんなことをしたなんて。あなたが全て仕組んだのではないのか。伯爵の娘はユミルとも親しいし、ユミルの主催したお茶会でひと悶着《もんちゃく》あったと聞いた。そのお茶会には伯爵の令嬢も出席していたとか。何か気に入らないことがあった、それで」

「陛下」

フォンティーヌの絶対零度の声が陛下の戯言に蓋をした。

人を射殺せる程の冷たい視線を向けてフォンティーヌは言う。

「伯爵は先王陛下の代から奴隷と麻薬の売買を行っておりました。妃殿下が関与されているとなると現在十六歳の妃殿下は海を挟んだ我が国の貴族と一体何歳の頃からのお付き合いになるのでしょうね。それに、この件に関しては私の部下に徹底的に調べさせましたが、妃殿下は関与しておりません。宰相である私が保証しましょう。それでは不服ですか？」

言外に自分の調査では不服なのかとフォンティーヌは問うている。

幼馴染でもある彼の仕事にケチをつけるようなことを言ってしまったことに気づいた陛下は、気まずそうに視線を逸らし「すまない、そんなつもりはなかった」ととても小さな声で謝っていた。

問題はそこではないのだけど。

まず、幼馴染だからという理由で彼の仕事ぶりを疑いもしない。そして、証拠もなく私を疑うような発言。

特に後者は看過できるものではない。

それに気づかない陛下にフォンティーヌは深いため息をついた。

「陛下、妃殿下に対する扱いには十分お気を付けください。先程の不用意な発言も本来なら許されないことです」

フォンティーヌの苦言に眉間に皺を寄せた陛下はフォンティーヌを見た後、なぜか私を睨んできた。私は無視してお茶を飲む。

さすがは陛下が好んで飲まれるお茶ね。とても美味しいわ。

「なぜそこまで気を遣ってやらねばならぬ。これは対等な同盟なのだろう」

「ええ。我が国とテレイシアの対等な同盟です。ですからこそ、蔑ろにするべきではありません。テレイシアが小国あるいは我が国の属国ならともかく」

「しかし、この同盟が破棄されて困るのはテレイシアも同じ」

「そうです。裏を返せば我が国も困るのです。ですが、お忘れなきように。武力で劣るテレイシアが帝国にただの一度も負けていない。そのことを」

こてりと陛下は首を傾げる。後ろで控えている陛下の護衛であるクルトもフォンティーヌの言葉を理解していないようだ。

この国の宰相も大変ねぇ。

私は侍女に新しい紅茶を淹れてもらう。

フォンティーヌはため息をついて懇切丁寧に陛下たちに説明をしてあげている。

「足りない武力を女王陛下の奇策でカバーしているのです。わが国と同盟をしたのは足りない武力を補う為ですが、無くても困らないのですよ。同盟の破棄で一番ダメージがあるのは我が国です」

「だがカルディアスはテレイシアと違って武力で劣ってはいない」

陛下が吠える。まるで負け犬の遠吠えね。

「武力のみで勝てる程戦争は甘くありません。帝国が戦争で勝利し続けているのは武力があるからではありません。戦略もそれだけ長けているからです。陛下が誰を愛そうと陛下の勝手です。臣下である私はそこまで口を出したりはしません。ですが、この国の王妃様は目の前にいるお方であること、そしてテレイシアの直系王族であることをどうかお忘れなきように」

そこまで言われてようやく理解したのか陛下はお茶を楽しむ私を見つめた。

お口がへの字になっていましたが、気にしません。私も陛下のことを愛している訳ではありませんので。お互い様ですね。

私が淑女でなければ、あなたと同じ顔をしていたでしょうしね。

◇◇◇

「本日より、王妃様の専属侍女となりました。ノルンです。よろしくお願いいたします」

伯爵が捕まったことにより奴隷たちは解放された。

国や親元に帰った者や、事情があり帰れない者には仕事を与えられた。

そして、シュヴァリエの義妹ノルンは私の侍女兼護衛となる。

宰相にお願いしておいたのだ。

魔族である彼女なら護衛も兼任できるので一石二鳥だろう。男性のシュヴァリエだけではどうしても護衛のできない時（もしくはこと、場合など）があるしね。

ノルンとシュヴァリエは久しぶりの再会を心から喜んでいた。これで彼との約束が果たせて良かった。

「ええ。これから、よろしくね」

「はい」

幸せそうな顔で笑うノルンを見ていると心が温かくなる。

四．グロリア女官長

「は？」

伯爵の件から一週間後、私は陛下に執務室に呼び出された。

珍しすぎて嫌な予感しかしないと思っていたら案の定だった。

因みにフォンティーヌが視察で帰ってくるのは来月になる。

宰相が視察に行くことはあまりないのだけど、陛下は田舎に行きたがらないだろうし、行ったところでユミルと旅行を楽しんで終わるだろう。

部下に行かせるのもいいけど、部下に行かせるよりは自分がいない間にボロを出した馬鹿を部下に取り締まらせることにしたようだ。

この国にはたくさんの膿があるから。

この国の宰相は大変だと他人事のように思っていたけど他人事で笑えないことが起こった。

「今、何と仰いましたか？」

「王妃主催のお茶会をしろ。期日は一か月後だ」

ぴきりと額に青筋が立ったのが分かったけど何とか笑顔を保つ。

「フォンティーヌがお前を対等に扱えと言った。そのことをよく考えてみた」

テレイシアとの同盟について漸《ようや》く考えられるようになったのですね。それはとても喜ばしいことです。ええ、とても。で、何でその結論に至った？

「フォンティーヌの言っていることは最もだと理解した。私は自分の番を得て、浮かれていたのだ。許せ」

口先だけの謝罪を淡々と述べる陛下の顔面を殴りたくなったけど、それは妄想の中に留めておいた。

「それで王妃にも公務をさせた方が良いと思ってな。この国に来たばかりでまだ知り合いもいないだろう。手っ取り早く茶会でも開いてはどうかと思ってな」

「では陛下はかなり大掛かりなお茶会を望んでいるということですか？」

「ああ」

ああって、あっさり言う。しかもフォンティーヌがいない時を見計らって行うのが嫌がらせのようにしか見えないのだけど。

彼からは悪意は感じない。

真性の馬鹿なのだ。だから、無理難題をできて当然の顔で言っているのだろう。

「誰を呼ぶかはお前に任せる。分からなければ女官長とでも相談してくれ」

いたのね、女官長。私、ここに来て二か月になるけど会ったことないのだけど。つまり、一度も挨拶に来ていないということだ。

「陛下、準備には通常、最低でも三か月はかかります」

庭の手入れやお菓子、お茶の用意もそうだし、招待客もお茶会に合わせてドレスを新調するし。招待される方も準備に一か月は短すぎる。

それに誰を招待するかも勢力図を考えて厳選しないといけないのだ。一か月では到底無理。

「三か月も必要ないだろう。一か月で何とかしろ。これは王命だ。そもそも、本来ならお前が自分から言って行わなければならなかった公務だ。全てはお前の怠慢のせいだろう」

テレイシアの同盟についてお前は何を考えてその結論にいたったんだ。と、心の中で絶叫した。

私に指摘されたことが気に入らなかったのか逆切れもするし。でも、王命と言われたら仕方がない。これでもこの男は王なのだから。

「……畏まりました」


「あなたが女官長ね。初めまして」

「初めまして、王妃殿下。グロリア・マックバーニーと申します」

茶金の髪を綺麗に結い上げた紫色の瞳をした五十代の女性。

年齢を感じさせない美しい姿勢で立ち、どんな美容液を使っているのか根掘り葉掘り聞き出したい程の艶やかな肌をした女性だった。

「先代王妃様とは親しくさせていただき、現王陛下の乳母を務めさせていただいたこともあります」

成程ね。それが彼女の誇りか。くだらない。

グロリア・マックバーニー侯爵夫人。現在は陛下の頼みでユミルの世話係兼教育係をしている。教育係の方はあまり上手くいっていないようだ。ユミルが嫌がればすぐに甘やかす。飴を与えるばかりで何が教育係か。

「だから何？　あなたの経歴なんてどうでもいいわ。現在の王妃は私。本来ならすぐに私の元へ挨拶に来るべきではないの？　今が『初めまして』ってどういうことなのかしら」

私はこてりと首を横に傾けて問うとグロリアは眉間に皺を寄せた。その態度にノルンから冷気が漂う。顔は無表情だが、魔族である彼女が持っている魔力が冷気となって床を這いだした。それはほんの少しなので気を付けないかぎり気づかないものだ。

「私は現在、番様のお世話を陛下より仰せつかっております」

「だから？」

「は？」

本当に分からないのか。こんな連中ばかりでよくこの国は成り立っているな。良識的な連中がそれだけ有能ということか。そこら辺はしっかりとすみ分けして、残しておこう。

「この国で最高権力を持っている女は私よ。後宮の人事は王妃である私の役目」

そこで初めてグロリアは顔を青ざめさせた。

「お分かりいただけたかしら？　あなたがこのまま女官長を続けられるかどうかは私の気分一つで決められるのよ。つまり、あなたが媚《こび》を売らないといけない相手は元平民のユミルではなく、テレイシア王国の後ろ盾があり、現王妃である私よ」

グロリアは悔しそうに顔を歪め、下に降ろした拳は強く握りすぎているせいか真っ赤を通り越して真っ青になっている。手の中に集まっている血が全て止まっているのではないかと疑ってしまう。

「そ、そんなこと、陛下がお許しになりませんわ。番様だって、私がいなくなったら寂しがります」

私はグロリアの言葉を鼻で笑った。

お茶会やここへ突撃してきた時のユミルの姿を思い浮かべて、あの女はそんな可愛らしい性格はしていないと心の中で断言する。

「言ったはずよ。後宮の人事は王妃の務めよ。元平民にあなたを守るだけの力があるのかしら？」

守ることとすらしないでしょうけど。

「マックバーニー侯爵を敵に回す気ですか？」

「あなたって哀れね。実力が伴っていないから権力に縋ることしかできない。でも、侯爵は私を敵に回してまであなたを守ってくれるかしら」

「後宮にも入れないくせに」

「それでも私が王妃よ。そして後宮の人事は王妃である私の采配で決まる」

「私はマックバーニー侯爵夫人で、私は前王妃と親しくて、私は現王陛下の元乳母で、私は番様の世話係で、教育係を陛下から仰せつかって」

それしか持っていない愚かな女官長に私は言う。

「だから何？」

「っ」

グロリアの唇から血が流れる。怒りのあまり唇を噛み切ったのだろう。彼女は顔を真っ赤にして部屋から出ていった。

これは本格的に女官長の入れ替えをした方が良いかもしれない。

「どうぞ」

「あら、ありがとう。気が利くのね」

私はカルラが淹れてくれたお茶を飲む。喉が潤ったおかげで少しだけ気分が落ち着いた。

私はノルンにグロリアの素行調査をお願いした。

「グロリア、私がお願いした仕事はできて？」

グロリアに招待客のリスト作成をお願いしていた。あれから三日。そろそろできてもいい頃だろうと思い彼女を部屋に呼んだ。

「申し訳ありません、まだできておりません」

できていないというよりも作る気がないのでしょうね。自分には陛下とユミルがいるから問題ないとでも思っているのかしら。

でも、それもノルンの調査の結果次第ね。

さすがの陛下も王妃よりも使用人を優先することはできないだろう。たとえ陛下がそれを良しとしても貴族はそうはいかない。

そんなことを許せば身分制度そのものが揺るぎかねないのだから。

「どうしてできていないの？　私があなたに与えた期限は三日だったはずよ」

私はお茶を飲みながらグロリアを横目で見る。

「申し訳ありません。妃殿下と違って仕事が立て込んでおりまして」

淡々と告げるグロリアに対してため息しかでない。

暗に私が暇だと言いたいのか。

「他の仕事があったせいでできないと言いたいのね。あなた、随分とノロマなのね」

「なっ」

怒りに顔を赤くするグロリアを私はわざと嘲笑った。

「仕事の合間に私からの依頼もこなせないなんて。そんな程度でよく女官長が務まりますこと。テレイシアでは考えられなかったわ。女官長がこの程度なら他の使用人も質を疑ってしまうわ。ああ、それとあなたの言う仕事と言うのはユミルと楽しくおしゃべりをしていることかしら」

にっこりと私が笑えばグロリアは私を射殺さんばかりに睨みつけてきた。後宮の主に向ける目ではないわね。

後宮に入ることすらできない主だけど。

「番様です。気安くお名前を呼ばれるのは陛下もいい気はしないと思いますのでご遠慮ください」

「ねぇ、グロリア。あなたの目の前にいる人はだぁれ？」

こてりと首を傾けて私が問えば、彼女は何馬鹿な質問をしているのだという目で私を見てきた。

私だって本当はこんな馬鹿な質問したくはないけど、分かっていないみたいだもん。

「エレミヤ妃殿下です」

彼女の言葉に私は笑顔を深める。

「ええ、そうよ。テレイシアの元王女でこの国の王妃。なのに、ねぇ。どうして私が元平民で現在は公爵令嬢のユミルを気遣う必要があるのかしら？」

「番様は陛下の寵愛深い方です」

「だから何だというの？　あなたも貴族の端くれなら知っているでしょう。貴族が神の前で誓うのは愛ではないわ。結婚は契約。必要なのは夫を支えられるだけの覚悟と力がある妻。ましてや王族の婚姻なら尚更。グロリア、機会を上げる。今日中にリストを作成してきなさい。もしできないのなら王妃の命令を聞けない無能は必要ないわ。いいとこ降格、最悪クビよ」

「そんな横暴なっ！」

悲鳴に近い声で言うグロリアの声が不快で私は眉間にしわを寄せた。

「部下に仕事を押し付けて一日中、ユミルの部屋でしゃべっているあなたに言えたセリフではないわね。下がりなさい。不愉快よ」

「っ。失礼します。妃殿下、このことは陛下に報告させていただきます」

「どうぞ、お好きに」

悔し気に捨て台詞を残してグロリアは退出した。

グロリア視点

「陛下、少々よろしいでしょうか」

私は陛下の元乳母で現在は番様のお世話を任されている。陛下からも信頼のあつい女官である。だから私は陛下にエレミヤの横暴さを報告しに行った。きっと陛下なら何とかしてくれると思ったし、新参者の王妃よりも私の話を信じてくれるだろう。

「グロリアか、どうした？」

急な訪問にもかかわらず陛下は嫌な顔一つせず執務を止めて私を招き入れてくれる。それだけ私は陛下の信頼を得ているということだ。

「陛下、エレミヤ妃殿下の横暴さに私は耐えられません」

エレミヤの名前を出しただけで陛下の眉間に深い皺が刻まれた。陛下はエレミヤを相当嫌っている。当然だ。番でもないのに正妻顔。自分の気に入らない侍女を解雇するなどやりたい放題。

「番様に対する敬意も払えなければ、私の態度が気に入らないからと解雇すると脅すのですよ。彼女は確かにテレイシアの元王女ではありますが、これはあんまりです」

私の言葉に陛下は深いため息をつく。

「はぁ、本当にどうしたものか。フォンティーヌが王妃として扱えと言うから王妃お披露目も兼ねたお茶会の主催を任せてみたが、王妃の自覚がない者を王妃として扱うのは難しいというか無理だ」

陛下の様子からもエレミヤの扱いに困っているのが分かる。わが国は随分と厄介な王妃を貰ってしまったようだ。

テレイシアは自国で手に余る我儘王妃をカルディアスに押し付けたのではないかと疑ってしまう。

「陛下」

護衛として後ろに控えていたクルトが難しい顔をして陛下に呼び掛けた。

「どうした、クルト」

「いえ、杞憂《きゆう》で終わったらいいのですが、その」

言い淀むクルトに陛下は不審そうにクルトを見つめる。

「妃殿下の性格上、番様に何かするとは考えられないでしょうか。その、自分が正妻だと思っているのなら妃殿下にとって番様の存在は邪魔でしかありません」

がたんっ。

陛下は顔を真っ青にして立ち上がった。

獣人族にとって番は命よりも大事な存在。失えば狂ってしまう獣人族だっている。

「っ。クルト、念の為ユミルの護衛を増やせ。それとグロリア、お前に苦労をかけるが監視を頼む。お前をクビにすると脅した件は気にするな。お前は長く王家に忠誠を尽くしてくれた。それに、今は亡き母上もお前のことを信頼していた。そんなお前を解雇などさせない」

「はい。ありがとうございます、陛下。それと妃殿下の監視の任、お任せください」

そうなるとエレミヤに取り入る必要がある。

あの横暴な女にはできるだけ関わり合いになりたくないが、仕方がない。陛下の命令の為だ。それに番様の為でもある。

化けの皮をはがしてこの国から追い出してやる。

私は来た時とは違い、ほくそ笑みながら執務室を後にした。

さて、取り入るにはまず妃殿下から頼まれた仕事をしなくてはいけない。困ればいいと思って手を付けていなかった。

「ジェット、ジェットはいないの？」

「は、はい、女官長。ここに居ます」

赤毛に鼻の頭にそばかすのある地味な女が駆け足で私の元へ来る。

「妃殿下が一か月後にお茶会を主催するからそのリストを作成して頂戴」

「えっ、私がですか」

「何か、問題がありますか？」

「い、いいえ、いいえ」

ジェットはもげるのではないかと思う勢いで首を左右に振った。

「有難く頂戴します。いつまでにすればいいですか？」

「今日中よ」

「……分かりました」

これで仕事が一つ片付いた。

◇◇◇

グロリアが我が物顔でお茶会に招待する客のリストを持ってきた。

これで文句はないだろうという顔を見て私は呆れてしまった。

愚かな女。このリストを誰が作成したのかは把握済みだ。

そもそも私がユミルや陛下側の人間を野放しにする訳がない。もちろん、ちゃんと見張りはつけている。シュヴァリエだ。

彼が私から離れている時の護衛はノルンにお願いしている。

早く護衛を何とかしないといけないとは思っているのだが、背中を預ける相手でもあるので簡単には選べない。

◇◇◇

「王妃様、本日はお招きありがとうございます」

「楽しんでいらしてね」

そしてやってきたお茶会。

招待した客の中にはもちろん、ユミルの養父であり摂政でもあるブラッドリー・ジュンティーレ公爵もいる。

小太りで毛髪の乏しい男だ。特徴は時々キランと光る金歯だろうか。

「娘は番として陛下を支えております。つきましてはあなた様にもユミルと一緒にそうあってほしいと思います」

口角を上げて笑う公爵。僅かに開いた口の中で太陽の光にあたりキラキラと趣味の悪い輝きを放っている歯がやけに印象的な男だった。

この男は私に陛下を支えるユミルの支えになれと言っている。裏で大国を牛耳るだけあってなかなか肝が据わった方だ。

「王妃になった以上はこの国に身を捧げるつもりです。不慣れではありますが陛下の支えになれるように頑張りますわ。摂政であるあなたのアドバイスは有難く頂戴しようと思うので遠慮なく仰ってくださいね」

私は公爵の言葉に嫌味を乗せて返した。

摂政である公爵のアドバイスならある程度は聞くが、何の力も能力もないユミルの言葉を聞くつもりはない。それと、王妃は私。この国と王を支えるのは私であってユミルではない、と。

さすがは公爵。

彼は私の言葉に笑顔で「当然です」と答えた。

何が当然だと心の中で悪態をつきながらも私は笑みを深めた。

お互いに何も知らない人間が見たら仲の良い様子だと勘違いするような態度ではあるけど、心の中は罵詈雑言が飛び交っている。それは相手も同じだろう。

「きゃっ」

招待客の対応に追われていると小さな悲鳴が聞こえた。

小さかったけど、しっかりと私の耳には入った。もちろん、他の人たちの耳にも。何事かと周囲は悲鳴の発生源に視線を向ける。

そこにはドレスを紅茶で汚したユミルがいた。その近くには顔を真っ青にした令嬢がいる。彼女の手には空のカップが握られていた。

「ああん、せっかくのドレスが」

「も、申し訳ありません。番様」

令嬢は平伏する勢いで頭を下げた。ユミルの元にはすぐに陛下が駆け寄った。何をする気だと私は内心とても慌てながらも王妃として見苦しくならない動きで近づく。

「ユミル、大丈夫か」

「はい、カルヴァン。でも、せっかくのドレスが。どうしましょう」

悲し気に眉を寄せるユミルに陛下は優しく微笑む。

「問題ない。また買ってやる」

買ってやるって。それ、国民の税金でしょうに。人が稼いだ金だからこそ散財も気楽にできるのでしょうね。きっと彼らはお金がないのなら民から搾り取ればいいと思っている典型的なお坊ちゃまね。

「お前、名を名乗れ。俺の番に危害を加えた罪は重いぞ」

「ボルボン伯爵の娘、ジュディと申します、陛下」

震えながらジュディと名乗った令嬢は陛下に答える。可哀想に。これでは弱い者いじめだ。

ボルボン伯爵と言えば国境を守っている辺境伯ね。

王族ならことを構えたくない相手ではあるけど、陛下はどうするつもりかしら。

私は少しだけ観察することにした。ジュディには申し訳ないけど。

「此の度は申し訳ありません。決して、番様に危害を加えるつもりはなく」

「では、お前はユミルが嘘をついたと言うのか」

「い、いいえ。決してそのようなことは」

ユミルは彼女に何かをされたなんて具体的に何も言ってはいないけど。された前提なのね。

「陛下、意図せず接触してしまった為にボルボン伯爵令嬢の持っている紅茶がユミルのドレスにかかってしまっただけだと思いますわ。そこまで大事になさることではありませんでしょう」

見かねた私は陛下とジュディの間に入ることにした。

傍観していた貴族の中には、ことさら安心したような顔をする人もいた。誰も辺境伯の機嫌を損ねたくはないでしょうしね。

そこんとこ、陛下は何も分かっていないようだけど。

「なぜ庇う。ああ、分かったぞ。そこの女はお前の差し金か」

「……」

すごい馬鹿を見る目で陛下を見てしまった。だって、本当に馬鹿な発言を名推理を披露した名探偵のような顔で言うから。

「陛下、ユミルは彼女に何かをされたとはまだ申しておりませんが。それなのに、なぜ何かをされた前提で話を進められるのでしょうか」

「そ、それは」

そこで初めて陛下は故意ではなく、事故である可能性に気づいたようだ。

よく考えてから発言をしてほしいものだ。

「それともユミルは普段から何かをされてもおかしくはない程人に嫌われているということでしょうか？」

「違うわ！　バカ言わないでよ」

すかさずユミルが反応する。私は扇で口元を隠し、冷めた目でユミルを見る。

「私はあなたに発言の許可を与えた覚えはないわ」

「は？」

元平民のユミルは分かる。だが、陛下。何であんたまで何を言っているんだ的な顔をしているんだ。本当によくこの国は潰れずに残っているな。

「下位の者の発言は上位の者の許可がいるのは常識です。そして王妃でありテレイシアの後ろ盾がある私はユミル、あなたよりも遥か上の地位にいるのよ」

「でも」

「そこに陛下の寵愛は関係ないわ」

ユミルに反論の余地は与えない。

このお茶会の目的に私とユミルの立場を明確にさせることがあるのだから。

「本題に戻りますが、ボルボン伯爵令嬢。今回の件はわざとではないのですよね」

「は、はい」

「そう。ではお互いの不注意ということでよろしいですね」

ユミルは不服そうだったが、無理やり頷かせた。反論しようとした陛下を私は無言の威圧で黙らせた。

女の威圧で萎縮するなんて情けない男。

市民視点

「お母さん、お腹すいたよ」

一番下の子がお腹を押さえながら訴えてくる。

「ごめんね」

母親として情けないがそれしか言えない。

私たちの家は普通の家だ。貧しくもなければ、大金持ちという訳でもない。

ただ毎日、お腹が満たされるぐらいの食事はできていた。

ところがここ最近、食事はお椀一杯分のみ。それだって殆ど具が入っていない。スープを水でかなり薄めたものだ。

野菜籠にはもう何も入っていない。

財布の中を確認する。芋が一つ買える程度だ。子供たちは全員で三人いる。私と夫の食事を抜いてもかなり厳しい。

「おい、また物価が上がってたぞ。それに税金も上がるらしい」

仕事から帰ってきた夫の言葉に私は絶望した。

最近、テレイシアから輸入しているものの物価が少しずつではあるが上がってきているのだ。

今までなら気にしなかった。

でも増税が続き、満足に食事もできなくなってくると少しの値上がりでも目に付くようになった。

「あなた、もう備蓄がないの。お金も」

「くそっ。仕事を何とか見つけてくる」

「私も探してみるわ」

今日貰ってきた分だと、夫から給金を受け取る。税金を払ったら消えてしまう現実にもうため息しか出ない。

このままでは本当に餓死ししてしまう。

陛下はそれを望んでおられるのかしら。

なかなか見つけることのできない番様を陛下が見つけたと聞いた時はとても嬉しかった。獣人族にとって番とはそれだけ特別な存在だから。でも、まさかそれが私たちの生活に苦痛を与えるとは思いもしなかった。

　あの時、喜んだ自分を呪ってしまいたいぐらいだ。

「おい、お前のところはどうなんだ？」

「カミさんが何とかやり繰りしてくれてるけど、正直限界だ」

「テレイシアの輸入物の物価が上がったのって、陛下が王妃様を蔑ろにしてるのがテレイシアに筒抜けだからだろ。これはその報復って訳か」

「だからって何で俺たちが苦しまなきゃいけないんだよ」

「ミドレーのとこ、過労で倒れたらしいぞ」

「あそこは子供五人も抱えてるからな。ずっと働き詰めだったし。満足に食事もとれなかったって。だからって分けてやれる程俺たちに余裕がある訳じゃねぇし」

　酒を買う金もない。それでも俺たちがこうして集まっているのは今後について話し合う為だ。

　意見書は何度も提出した。

　それが王様のところまでいっているのか分からない。ただ、何一つ改善はされていない。

「お困りのようですね」

「誰だ」

　この場所に似つかわしくはない女の声に俺たちは警戒する。

　全員が注目した先にはとても美しい少女がいた。

「私の名前はノルン。エレミヤ王妃の侍女をしております」

その言葉に全員の思考が停止した。確かに身なりのいい恰好をしているが王妃の使いが俺たちに何の用があるって言うんだ。

「エレミヤ様はみなさまの現状を憂いて何度も陛下に進言しているのですが、陛下は番様のことばかりで全く気に留めていません。そこでエレミヤ様は皆さまに力を貸していただこうと考えました」

「王妃様が俺たちに何をさせようって言うんだ」

警戒しながら代表が聞く。

「プチ暴動を起こしてもらおうと」

「ぼ、暴動だと」

不満はある。この先のことを考えると不安だらけだ。それでも暴動までってなるとなかなか踏み出せない。モラルが邪魔をする。

「このままでは皆さんの未来は餓死ですよ。陛下は皆さまのことを考えてはいません。エレミヤ様が何とかできたらいいのですが、生憎と一人ですることには限界があります。どうします？　提案に乗りますか？　それとも餓死を選びますか？」

可愛らしい顔をして聞いてくる二択がなかなかえげつない。

「俺はその話に乗る」

そう言って立ち上がったのはもう金がないと言っていた男だった。

「お、俺も」

「俺も」

勇気づけられたようにみんなが同意していく。それぐらい追い詰められていたのだ。残るは俺一人。

どうするのかとみんなの視線が俺に問うてくる。

俺は喧嘩は強くないし、争いごとはできるだけ避けたい性分だ。

でも、青い顔で寝る間も惜しんで働く妻。お腹すいたと訴える子供たちの顔を思い浮かべると俺も覚悟を決めないといけない。

「取りあえず、暫くの間飢えずにすむものをくれ。それが条件だ」

無礼だと殺されるかもしれないと思ったが、ノルンと名乗った少女は「すでに用意していますと言って俺たちに食べものをくれた。

これで取りあえず餓死は避けられた。

◇◇◇

「おかえりなさい」

戻ってきたノルンを部屋に迎え入れる。

「どうだった?」

「交渉は成立しました」

城下にはいろんな噂を流している。それにここ最近の増税と物価の高騰で市民たちの不満やら不安やらは高まっていた。

市民たちを巻き込まないのが一番だけど、いざという時の為に私たちを受け入れられるように準備をする必要がある。

フォンティーヌ視点

妃殿下に迷惑をかけることは分かっていた。それでもこの国の宰相である私はどうしても今回の視察に行かなくてはいけなかった。

他の者に任せられないというか、任せられる人間がいないのだ。

獣人族の欠点は力がありすぎるせいで、全てを力で片付けてしまうのでデスクワークができない。直接的な言い方をすると脳筋が多いのだ。

トカゲの尻尾切りとは分かっているが、私のいない間に少しでも隙を見せた悪徳貴族を捕縛できればいいと思う。

けれど、あのバカ陛下と番様が思った以上のことをやらかしてくれたので私の血管がぶち切れ寸前までいった。

取り敢えず穏便にすませてくれた妃殿下には感謝はするが安心もできない。

妃殿下は確かにカルディアスの王妃だが、味方ではないのだ。テレイシアは本当に帝国対策の為だけに妃殿下を我が国に嫁がせたとは考えにくい。

何度か会ったことがあるテレイシアの女王は一癖も二癖もある傑物。その妹である妃殿下にも油断できない。

妃殿下は決して理不尽なことをされる方ではない。彼女にも彼女なりの理由があるし、こちらの彼女に対する対応を考えると正当性は妃殿下の方にある。

そう分かってはいるが私はカルディアスの宰相なのだ。宰相としてやるべきことは陛下を補佐することであり、妃殿下を守ることではないのだ。

私は深いため息をつくことで湧き上がる怒りを何とか外に追い出して陛下の元へ行った。


「陛下、よろしいですか」

「何だ。俺はもう休むところなんだが」

ただ押印をするだけの楽な執務を終え、片付けに入っている陛下に若干の殺意を抱きつつ顔には一切出さずに私は本題に入った。

「陛下、妃殿下のことでお話があります」

妃殿下のことを出しただけで陛下の眉間に皺が刻まれ、いかにも不快ですと顔に出す。竜族は腹芸が苦手なのですぐに顔に出る。竜族の典型を行く陛下は特に。

「またあの女が何かしたのか？」

何かしているのはお前たちだ！

私はもう一度ため息をついて、怒鳴り散らしそうになる己を何とか制した。

「今回、妃殿下主催のお茶会を私のいない間に行ったそうですね」

「ああ。お前が王妃扱いしろと言うので公務をさせた。よくよく考えたら王妃のくせに公務もせずただ飯ぐらいだったからな。全く。お荷物もいいところだ」

「……普通の令嬢なら一か月でお茶会を準備し、それぞれの家や政治的な関係を精査して招待するなど不可能です。それが行える妃殿下がどれほど優秀か分かりますか。言っておきますが、番様にはまず不可能ですよ」

「ふん。そんなの侍女にさせたに決まっているだろ。あの女がやった訳じゃない。人の手柄を自分の手柄にするなど浅ましいことだ」

何も知ろうとしないくせに決定事項のように言う陛下には怒りしか湧かない。同時にこんな国に嫁ぐことになった妃殿下には同情してしまう。

こんな国捨てて、妃殿下を祖国へお返しした方がいいのではないかと思ってしまう。

だが私はこの国出身なのでそれなりに愛着もあるし、捨てることはできない。だから、できれば妃殿下にはこの国に居てほしいと思ってしまう。そんな己に心底嫌悪する。

「あなたは何を見てそのようなことを仰っているんですか？」

「見ずとも分かる」

「あの女ではなくエレミヤ妃殿下です。それと私はあなたとの付き合いが長いので、あなたにそんな慧眼《けいがん》がないことは知っています」

「なっ！　いくら幼馴染だからって不敬だぞ！」

「そうだぞ、フォンティーヌ。なぜそこまで庇う。お前の番なのか？」

顔を真っ赤にして怒る陛下。傍で護衛していた幼馴染の一人、クルトも怒りながら私に問うてくる。そんな二人の様子に私は本日何度目か分からないため息を零す。

「クルト、撤回しなさい。今のは妃殿下に対して不敬です。それと、私は番なんてものを欲しいと思ったことはありません」

人の意志も感情も無視して本能で求め合う。それを運命と呼ぶ獣人族もいるが、私からしたら呪いだ。

番を持った獣人族は少なからず人生を狂わせてしまう。

今まで賢王だった人が傲慢で強欲な番を持った瞬間、番の我儘を無条件で叶えてしまう暗愚王になりさがったり、それなりに仲の良かった夫婦だったのに片方が番に出会ってしまっただけでその関係に亀裂が入り、どちらかが虐げられるようなことになることだってある。

それでも獣人族は番を得たいと、獣人族の本能が望む。竜族である私にも少なからずその渇望はある。

だけど、渇望と同じぐらい拒否感もあるのだ。

私の母は番を見つけて、私と父を残して出ていってしまったからだ。

「お茶会で辺境伯の令嬢と、ことを構えそうになったと噂で聞きました。辺境伯は、地位は伯爵で滅多に社交界に出ては来ませんが国防の要です。国境を守っているのですから。なので公爵ですらも下手に侮れない相手です。それは王族とて同じこと。番様に、番様が無理なら陛下が令嬢に謝罪と妃殿下に謝意を示してください」

「なぜだ！　私は王なのだぞ」

「王だからできないのであれば、番様にさせてください。プライドが邪魔してできないのなら。ことの発端は番様にあるのですから私はどちらでも構いません。手紙にするのなら中は私が検閲させていただきます。内容に問題があるのでしたら何度でもやり直しさせます。陛下も番様ももう少し貴族のことを学んでください。王は確かに国の頂点に君臨しますが、民がいるからこそ国の経済が回っています。貴族がいるからこそ国が運営できているのです。そのことを今一度、考え直してください」

私は話は終わりだとばかりに、まだ何か言おうと口を開きかけた陛下を無視して退出した。

次に向かうのは女官長のところだ。問題ばかりでもう嫌だ。

自分の仕事に入る前にもう一つ仕事を片付けておかなければいけない。


「どうしてですか！」

私の服を掴み泣きすがる女官長グロリア。

彼女には退職か下っ端への降格のどちらかを選択させた。

提示したら今のような状況になっていた。まぁ、ある程度は予想していたがそれにしてもこの往生際の悪さは酷い。

「仕事をしない人間を養える程国庫に余裕がある訳でもなく、民の血税で無駄金は支払えない」

「私はちゃんと働いてます！　王妃様ですね。そんなことを言うのは。嘘です!!　あの方は私のことが気に入らなくてひどい嘘を言うんです！　私を貶める為に」

自国の王妃を貶めることに何の躊躇いも示さないその姿に、ただただ呆れるばかり。

「あなたの仕事とは番様とお喋りをすることか？」

少し竜族特有の威圧を醸し出して聞くとグロリアはたじろぐ。

だが同じ竜族。失神するなどの失態を犯すことはせず、気丈にも私を睨みつけてきた。

「男性には分からないかもしれませんが、仕えている主人の相手をするのも侍女や女官の仕事です」

「はっ。人に仕事を押し付けてまですることではないな。長として部下に指示を出すことはあるだろう。だが、仕事を押し付けるのと指示を出すのはまた別物だ」

ぎりっとグロリアは奥歯を噛み締め、私を睨みつけてきた。私の方が彼女よりも身分が上なのにもかかわらず。これでよく女官長まで上り詰められたものだ。

人は変わるものだ。彼女も女官長になるまでは人を思いやれる立派な女官だったのかもしれない。

「私は、陛下の乳母です。私を辞めさせることを陛下が許すはずありませんわ。番様だって、私のことを気に入ってくださっています。私がいなくなればきっと悲しまれます」

哀れな女だ。そんなやり方しか己を守れないなんて。

「あなたを辞めさせるよう嘆願書が届いております。幾ら陛下でもいち使用人の為に乳母とは言え数多の貴族の娘の言葉を無下にはできないでしょう。何よりも部下に慕われない上司は無用の産物として私が切り捨てます」

「……後宮の使用人の権限は王妃にあります」

彼女の言葉には呆れを通り越して怒りが湧いてくる。彼女は、この国はどれだけ妃殿下を侮辱したら気が済むのだろう。

「笑止。その妃殿下があなたの解雇を望んでおられる。あなたの態度を見れば当然のこと。妃殿下があなたを庇う理由はどこにもない。どうやらあなたは留まったところで害悪にしかならないようだな。すぐに荷物を纏《まと》めろ」

私の言葉にグロリアは漸く自分の立場を理解したのか顔を真っ青にし、がたがたと震え始めた。震える体を隠すように両手で自分の体を抱きしめていた。

「ま、待ってください」

「いいえ。もう十分待ちました。私が提示している間に態度を改めて一からやり直せば良かったのに。あなたにはその道も残されていました。それを棒に振ったのはあなたです。グロリア、チャンスは二度も訪れはしませんよ」

糸が切られたマリオネットのようにグロリアはその場に崩れ落ちた。

「……私がいなくなれば、きっと番様が悲しまれますわ。あの方は私のことを気に入ってくださって」

「そうでしょう」と縋るようにグロリアは私を見てくる。

グロリア、あなただって気づいているでしょう。番様は顔ぶれが変わったところで心を痛める方ではないことを。別の使用人があなたにとって代わるだけ。

「後宮で働く使用人の権限は妃殿下にあります。グロリア、あなたは媚を売る相手を間違えたのですよ」

◇◇◇

「お初にお目にかかります。この度、女官長に就任しました。ジェットと申します。よろしくお願いいたします」

グロリアは解雇された。

下っ端からやり直す道も用意してあげたけど、自分の非を認めなかった挙句、責任転嫁を始めたのでフォンティーヌが解雇を言い渡したのだ。

そうなって初めて自分の立場を理解したのかグロリアは下っ端から頑張ってやり直すと言い出したそうだけど、もう手遅れ。

残したところで不安要素でしかないと判断したフォンティーヌはグロリアを城から叩き出した。

城から追い出された使用人を雇ってくれる貴族など当然いないので、彼女の今後の働き口は王都で平民と紛れて仕事を探すか、社交界とは無縁の下位貴族の使用人だろう。

そして新しく女官長となったのはグロリアがよく仕事を押し付けた相手だ。

「よろしくね、ジェット。お茶会の招待客リスト、とてもよくできていたわ」

「あれを私が作成したと知っていたのですか」

驚くジェットに私は鷹揚《おうよう》に頷く。

上に立つ者こそ下の者の仕事を理解しろとは姉の言葉だ。

誰が何をしているかなどおおよそは把握している。

「当然よ。あそこまで細かい情報の載ったリストは初めて見たわ。おかげでとても助かったの。あなた仕事も丁寧で細かいことによく気がつくから居てもらえると助かるわ。これからも、期待しているから頑張ってね」

「はいっ！」

嬉しそうに言うジェットを私は嬉しく思う。彼女はやっと自分の仕事を正しく評価してもらえる喜びを手に入れたのだ。それはきっとこれからの仕事への活力にもなる。

まず、手始めに後宮で働く使用人を入れ替えることから始めた。

「妃殿下、紅茶を淹れました」

「ありがとう」

私はエウロカの淹れた紅茶を飲む。変わっている紅茶の味に私はほくそ笑んだ。

気づかれないように彼女の様子を観察することも忘れない。わずかだが彼女の手が震えていた。

「そういえば、エウロカ。ジュンティーレ公爵の跡継ぎってどのような方なの？」

「ど、どうして、いきなり」

「別に、他意はないわ。陛下の摂政をしている男の子供を私が気にしてはおかしいかしら？」

「いいえ」

エウロカと公爵の間に子供はいない。跡継ぎの息子は公爵が愛人に産ませた子供だ。ちょっと酷な質問だとは思うけど、他に聞ける人もいないし。彼女の立場もいい加減、はっきりさせておきたいのよね。

私はカップを弄びながら中に入っている紅茶を見つめる。

「確か、名前はキスリング様でしたかしら」

「はい。勉強熱心で、お母様思いの、とても優しい子です」

「そう。あなたは話したことがあるの」

「あ、あいさつ程度です」

「そう。一度会ってみたいわね」

「よく社交界に顔を出しておりますから、そのうち会えるかと」

「そう」

まぁ、複雑な関係だし、仲が良い訳ないわよね。

母親思い、ねぇ。

つまり、自分の母親を正式に公爵家に迎える為ならエウロカを貶めることも平気でする可能性があるということよね。

エウロカの本心はともかく、キスリングに関してはあまりいい噂は聞かない。

社交界でまことしやかに流れている公爵の黒い噂。おそらく、実行犯はキスリングだろう。指示をしているのは公爵。自分の母親が人質にでもとられているのかな。

上手くすれば、キスリングを自分の陣地に取りこめるかもしれない。

王妃として社交界の招待状はたくさん来ている。ハクにすぐにキスリングが出席するパーティーを調べてもらいましょう。

私は不思議な味のする紅茶を飲み干した。

第三章 運命の赤い糸は切るためにあります

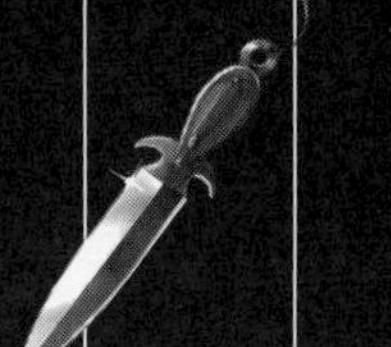

一．公爵の息子

「キスリング、久しぶりね」

陛下はユミルをエスコートして、私は一人で夜会に出席した。

王妃でありながら誰からもエスコートされずに登場した私を嘲笑う貴族もいれば、哀れみの視線を向ける者もいた。

フォンティーヌやシュヴァリエがエスコート役をすると言ってくれたのだけど私が断ったのだ。

二人は独身だし、あらぬ噂が広がっては困る。

それに臣下にエスコートされる情けない王妃にはなりたくなかった。自分の現状を受け入れ、堂々と登場してやると心に決めていたからだ。

正直、屈辱で内心は怒り狂ってはいたけど、そんな私を感心してくれる人も中にはいたみたいなのでまったくの無駄ではなかったようだ。

陛下の挨拶が終わり、パーティーが始まると私はお目当てのキスリングを探し始めた。だが、探し出すのにそう時間はかからなかった。

陛下と一緒にパーティーを楽しんでいたはずのユミルが、走りながらキスリングの元へ行ったからだ。

貴族の令嬢が走るなんてはしたない。しかも、人目の多いパーティーでそんなことをするなんて。貴族からは非難の目が向けられたが、保護者である陛下は困った子供を見るような目でユミルを見ている。注意をするつもりもなければ今の行為を問題視すらしていないようだ。

「番様、走ってはいけませんよ」

やんわりとキスリングが注意をすると、ユミルは拗ねた子供のように頬を膨らませる。

「ユミルって呼んでください。あなたは私のお義兄様なんだから」

そんな彼女の言葉にキスリングは困ったように眉を八の字にする。

彼の様子をつぶさに観察していた私はすぐに気づいた。最初はユミルに優しく微笑んでいたけど、彼の目は笑っていなかったこと。そして、今もまるでユミルの言葉を素直に受け入れられないと困った顔を作っていることに。

全ては演技。そしてそれを見抜ける技量がユミルにはない。

生来の鈍感さと、腹芸とは無縁の世界で今まで生きてきた元平民の子には到底無理な話だ。

「そういう訳にはいきません」

「同じ平民の親を持つ者同士ではありませんか」

ユミルの言葉に一瞬、キスリングの顔が強張った。すぐに彼は余裕の笑みを作ってみせたけど。

ユミルの声は決して大きいものではなかった。でも、甘く、甲高い彼女の声は会場内によく響く。

そのせいでユミルと、特に愛人の子供であるキスリングは好奇の目に晒されてしまった。

本来ならこんな場所で言うことではないのだ。

それにユミルとキスリングは違う。ユミルは不貞の子供ではない。たまたま平民の両親を持ち、たまたま陛下の番だったので貴族の養女になって貴族の仲間入りをはたしたのだ。

でも、キスリングは不貞の子供。しかも本妻に子供はおらず、仕方がなく跡継ぎに選ばれてしまった。棚から牡丹餅状態の彼を妬み、蔑む貴族は多い。

「ユミル、お義兄様を困らせるものではありませんよ。それに、あなたはもう少し、分別を身につけるべきね。ＴＰＯを理解していないのならもう一度公爵邸で一からやり直すべきだわ」

本来なら陛下がしなければいけない注意だが、それはあり得ないので私がユミルに注意をすることにした。

「またそうやって私を苛めるんですか」

目に涙を溜め、体を震わせるユミル。すかさず、陛下がユミルを抱きしめ私を睨んできた。その状況にため息がもれてしまったのは仕方のないことだ。

「ユミルの何が不満だと言うのだ！　いい加減、王妃という立場や権力を笠に着て好き勝手するのは止めたらどうだ」

王宮に侍女や女官長が私の怒りを買って辞めさせられたという噂があり、私のことを我儘で傲慢な王妃だと思っている貴族がいることは知っている。

特に彼らを罰する気もないし、放置もしている。でも、陛下だけはそれをしてはいけないのだ。裏を取らずに噂を鵜呑みにするなど為政者としては失格。

「私は自分の領分を超えたことを行ったことはありません。それと、私に何も言われたくないのであれば陛下がそこの女にもっと注意をしてください。仮にも貴族の令嬢が平民のように会場内を走り回ったり、養父の息子を貶める発言をするなど咎《とが》だけではすまされませんよ」

「私はキスリングを貶めるようなことを言ってないわ！　勝手にねつ造しないで！」

「そうだ。ユミルは何も悪くはない」

「……そうですか。では、そう思ってくださる臣下が多いことをお祈りください」

「不愉快だ。下がれ、暫くの謹慎処分を申し渡す」

ざわりと会場内の空気が揺らいだ。こんな場で王妃に処分を言い渡すなどあり得ないことだ。しかも理不尽に。そのことに気づいていないのはユミルと陛下だけだ。

因みにクルトは会場の外で護衛をしているのでこの場にはいない。

「……失礼します」

私は一礼して陛下たちに背を向けた。ユミルの満足そうな醜悪な顔と私を推し量るようなキスリングの視線を感じながら私は会場を後にした。

二．誘拐

「っ」

頭痛と吐き気で目を覚ました。

がたがたと大きく揺れる車体に合わせて体も跳ね上がる。

手と足を動かそうとしたけど麻でできた縄でこすれるだけであまり動いてはくれない。

会場を出て、すぐ使用人が控えている控えの間に行こうとした。けれど、着く前に刺激臭のようなもので湿らせた布で口と鼻を塞がれて、そのまま気を失ったようだ。

あれからどれくらいの時間が経ったか分からない。

この馬車はどこへ行くのだろう。

体を何とか起こして、顔や肩を使って、窓にかけられているカーテンを少しだけずらした。まだ王都内のようだけど、貴族街からはかなり離れている。

街灯がなく、道端に浮浪者や生きているのか死んでいるのか分からない人間が倒れていることからどうやら貧民街のようだ。

こんな場所に連れてきてどうするつもりかしら。と、思っていると馬車が停まった。

私は隠し持っていた小型のナイフで足と手を縛っている縄をちょうど切り終えたところだったのでナイスタイミングだ。

まさか王妃が暗器を持っているとは思わなかったのだろう。荷物検査のようなことをされなくて良かった。

がちゃりと馬車のドアが開くと同時に私は全身の体重をかけてドアに突進した。

「おわっ」

野太い男の声とクッションのように衝撃を吸収してくれる柔らかな感触がした。

目を開けると小太りの男が私の下敷きになっていた。

「何だ」

「何の音だ」

「っ」

今にも崩れそうな小屋からドタドタと重たい音がした。私はすぐに体を起こして走り出した。

殆ど王宮から出ない上にここはまだ慣れていない他国の領域。ましてや貧民街だ。貧民街というのは王都の通りを良くする為に増築を繰り返され、使わなくなった道がどんどん隅に追いやられてできた場所だ。その為、かなり入り組んでいて、住み慣れた人でも一歩道を間違えば迷ってしまうのだ。

それでも足を止める訳にはいかなかった。取り敢えず、後ろから追ってきている男たちを撒く為に適当な横道を選んで進んだ。

「逃がすか」

だが、男たちはこの場所を選ぶぐらい慣れているようで先回りをされた。

後ろから数人、前に三人いた。

それでも構わず走り続ける私に前に居た男たちがわずかにたじろぐ。

「か、かまうな。やっちまえ」

「お、おう」

後ろから追いかけてきた男の号令で男たちは腰から下げている剣を抜き、構える。

私は足に着けている暗器を取り出し、投げる。二人の頭に命中、額から血を噴き出して倒れた。

「てめぇっ」

血を見て興奮したのか、仲間をやられて逆上したのか男が私に向かって剣を振り下ろした。

体勢を低くして躱す。

多少、武道の心得があるのか男は剣筋を横にずらして再び私を攻撃してきた。

力で敵わない以上、剣を受け止めてはいけない。それでは力負けしてしまう。懐刀を取り出して、男の剣を受け流す。体勢は低くしたまま男の懐に入り込み、切りつける。

「ぐはっ」

これで障害はなくなった。私は再び走り出した。すると、

「こっちだ」

フードを目深にかぶった男が横から私を捕まえて、走り出した。

「なっ」

とっても怪しい男だ。彼が味方とは限らない。でも、迫ってくる敵のことを考えると今ここでその問答をしている時間はなかった。

仕方がなく私は男に従うことにした。私の心を読み取ったのか、横から僅かに男の口角が吊り上がったのが見えた。

「ここまで来れば大丈夫だろう」

何とか男たちを撒いて、私と私を助けてくれた不審な男は誰もいない小屋に身を寄せた。

一息ついたところで私は男を見る。

フードを目深に被っている為に顔は見えないがチラチラと見える肌色が他国の人間であることを示している。

褐色の肌にまさかという思いが過ぎったが、それは有り得ないと浮かんだ考えを即座に否定した。

「危ないところを助けていただき、ありがとうございました」

相手が何者であろうとその事実に変わりはないので私は頭を下げてお礼を言った。

私がそんな行動に出るとは思わなかったのか、まじまじと私を見る男の視線を感じた。

すっと伸ばされた手が私の頬についた血を拭ってくれる。

褐色の肌だから何となく温かい手をイメージしていたけど男の手は運動して火照った体には気持ちが良いぐらい冷たかった。

顔を上げて男を見るとフードの隙間から黒い髪と血のように赤い瞳が見えた。

「勇ましい姫だな。武道の心得があるのか？」

『姫』という言葉にどう反応していいか分からない。

恩人とはいえ彼が私の味方ではない以上、身分は隠し通した方がいいはずだ。

私の心情を読み取ったかのように男は喉を鳴らして笑った。

「そう警戒するな。何も取って食いはしない。テレイシアの王女よ。愚かな王に従うのはなかなか骨が折れるだろう」

この人は私の正体を知ってる。

私は覚悟を決めて、男を見据えた。

「私はカルディアス王国王妃、エレミヤ。改めてお礼を申し上げます。助けていただきありがとうございました」

「偶然だ。気にするな。訳あって名前と身分は伏せさせてもらう」

横柄な言い方だが様になっている。

立ち姿も美しい。多分人の上に立つ教育を受けたことのある人なのだろう。

息をするように人を従わせてしまうカリスマ性が彼から滲み出ていた。

「お前の護衛は？」

「私がいないことには気づいているはずなので、捜索はしていると思います」

シュヴァリエたちが気づいて動いてくれると思う。それに指示はフォンティーヌが出すだろうし。

ここで陛下が動くと言えないあたりが何とも情けないが。

「随分とノロマな従者を持っているようだな」

王妃の護衛はシュヴァリエ一人だけ。二十四時間体制での護衛は無理だし、男性である以上護衛の場は限られている。

ノルンは女性で魔族だから護衛としては役に立つかもしれないけどあくまで侍女。

護衛の経験もなければ修羅場の経験もない。一般人なのだ。できて多少の時間稼ぎぐらいだろう。

もちろん、目の前の男がこのことを知っている訳もなく。

私の従者を無能と断定するのはいたし方ないのかもしれない。ただ、気に入らないが。

「こちらにも事情というものがあります。何も知らないのに勝手なことを言わないでいただきたい」

きっと彼を睨みつけると、男は面白いものを見つけた子供のような顔をした。

フードに隠れているのではっきりとは見えなかったけど。

「なかなか気の強い女だ。お前、俺と一緒に来い」

……は？

「ふ、ふざけないでください！　私はこの国の王妃です！」

男は逃がさないと言わんばかりに私の手首を捕らえる。

「誰も必要としてはいないだろ」

「っ」

分かっているけど、そんなはっきりと言わなくても。

これでも年頃の女の子なのだ。

愛のない政略結婚だと分かっていても多少の夢は見る。誰だって不幸になりたいとは思わないし、不幸になると思いながら道を選択している訳ではないのだ。

「あなたには関係のないことです」

「殿下っ！」

男が何かを言いかけた時、小屋の外から切羽詰まったようなシュヴァリエの声が聞こえた。

男は無言で私に部屋から出るように指示した。

男とはここでお別れだ。

私は軽く頭を下げて小屋を出た。ドアが閉まる際「またな」と男は言った。

まるで再会を約束するような言葉に問いかけようとしたが、答えを拒否するように既にドアは閉められていた。

「殿下っ！」

私を見つけたシュヴァリエが駆け寄ってきた。彼はざっと私に怪我がないことを確認した。どこにも怪我がないのを確認するとほっと胸をなでおろした。

「ご無事で何よりです。申し訳ありません。殿下の護衛でありながらお守りできず」

「あなたのせいではないわ。私の不注意が原因よ。気にしないで。それより早く戻りましょう」

「……はい」

シュヴァリエ視点

時は少し前に遡る。

「妃殿下がどこにもいない？」

バカップルが会場でやらかし、妃殿下は会場を退出したらしい。

会場での出来事を聞きつけたフォンティーヌ宰相から聞いたが、妃殿下はどこにもいない。

使用人の控え室にも来ておらず、部屋にも戻った形跡がない。

嫌な予感が頭に浮かぶ。

浮かんだ考えを否定するように首を左右に振ってフォンティーヌ宰相を見る。

彼は倒れてもおかしくないぐらい顔を青くしていた。

妹のノルンもガタガタと体を震わせている。だがここで倒れて無駄な時間を使う訳にはいかないので必死に踏ん張っていた。

誰しもに嫌な予感が浮かんでいるのは明白だ。しかし、ここに事態の最悪さを分かっていないのが数名いた。

「どうせ、どこかにいるだろう」

とは、陛下のお言葉だ。

「そうよ、大袈裟ね。きっと気に入った男でも見つけて、ほいほいついていったのよ。なんて、ふしだらなのかしら。同じ奥さんとして考えられないわ」

とは、番様の言葉。

怒りで今すぐ二人をぶん殴ってしまいそうだ。だが、この二人に関わっている暇はないので拳を握りしめ、必死に耐える。

「陛下、王妃様がどれ程危ういお立場におられるか分かっていますか？　この国で彼女の後ろ盾となるはずだったあなたの後ろ盾を得られず、ろくな警護もつけられない王妃様がどれ程危険なお立場に身を置いているか分かっておいでですか？」

怒りを押し殺したような声がフォンティーヌ宰相から発せられた。だが陛下も番様もどこ吹く風だ。

「ふん。そんなの自業自得じゃないか」

「そうよ、そうよ。カルヴァン様は何も悪くないわ」

フォンティーヌ宰相は気持ちを落ち着かせる為に深呼吸をした。

ここでやり合っている暇はないのだ。この国が王を頂点として政を進める国である以上、上手く王を使って妃殿下を早く救出しなければならない。

「陛下、万が一のことを考えて王妃様捜索の為に近衛をお貸しください。指揮は私が執ります。決して陛下たちのお手を煩わせることはしません」

「大袈裟な」

捜索など必要ないと言う陛下にフォンティーヌ宰相は頭を下げた。

私もノルンも頭を下げてお願いした。ここまでしないと捜索すらされない妃殿下を哀れに思う。


フォンティーヌ宰相の指揮のもと、妃殿下の捜索が開始された。

不審な馬車はすぐに特定された。

パーティーの途中で帰る客は珍しいからだ。

しかも門番をしていた連中の質が悪く、彼らはほとんど検査らしい検査もせずに馬車を通したようだ。

最悪だ。

馬車の足取りを追って何とか見つけた妃殿下に血がついていた。

ざっと様子を確認したところ怪我をしている様子はなさそうだ。

「殿下、その血は?」

それに殿下が敢えて無視をしているようなのでその場で問いただすことはせず、後で聞くことにした。

殿下の背後にある小屋から微かに人の気配がするが殺意は感じない。

「それより、助けに来てくれてありがとう。さぁ、戻りましょう」

本当にどうしてこの人は王妃になってしまったのだろう。

「テレイシアの王族はみんなそうよ。守られているからってそれに甘んじてはいけないわ」

「武道の心得があるんですか？」

「返り血よ。気にしないで」

◇◇◇

王妃誘拐事件。これはとても重大な事件だ。謀反を疑われてもおかしくはない。犯人は間違いなく極刑となるだろう。

もちろん、会場の警護に当たっていた責任者のクルトも処罰は免れない。

「自分は番様の護衛をしておりましたので」というのがクルトの言い分だ。ふざけるなと私は拳を握り締めて怒りを抑えた。

「部下の失敗は上司の失敗でもあるのよ。それとも、あなた方はユミルさえ無事ならそれでいいということかしら？」

大変な目に遭ったのだからゆっくり休んでほしいと言うシュヴァリエ、ノルン、フォンティーヌには申し訳ないけど休んでなんていられない。

「いえ、そういう訳では」

さすがに自分の本分を思い出したのか、クルトは目を逸らす。

「確かに警備の甘さはクルトの過失かもしれないが、そもそも誘拐をされるような行動をとったお前にも問題があるのではないのか」

「私を会場から追い出したのは陛下ですよ」

「そ、それは追い出されることをしたお前が悪いのだ。だ、だいたい、王妃と言うのなら常に護衛をつけて行動するものだろう。ユミルだってそうしている」

「私が来た時に護衛すら用意してくれていない方のセリフとは思えませんね」

「だ、だいたい、お前に護衛が必要なのか。近衛の話だと、お前を誘拐した悪漢の死体が見つかったそうじゃないか。それにその、血まみれの姿。お前が殺したんだろ。一人で対処できるのなら、護衛などそもそも不要ではないか」

陛下の言葉に誰もが息を呑んだ。さすがのクルトも陛下の言葉には頷けなかったようだ。

「陛下、それでは我々の存在意義がなくなります」

随分と的外れなことを言っているようだけど。それに幾ら幼馴染だからといって公私混同しすぎだろう。陛下や私の許可もなく口を開くなんて。

同じ幼馴染であるフォンティーヌは立場を弁えてずっと黙っているのに。

クルトもフォンティーヌも陛下の幼馴染だから今の地位につけられたのだろう。その方が御しやすいとジュンティーレ公爵は考えたに違いない。

現に出来損ないが順調に育っている。フォンティーヌ一人では対処に限界があるし、綻びも出ている。

「つまり陛下は私に死ねと仰っているのですね」

「なっ！　誰もそんなこと言っていないだろう」

「同じことですわ。王族がどれほど危ない立場に居るのか。公爵のお人形でしかないあなたには分からないでしょうけどね」

「うるさいっ！」

どうやら傀儡である自覚はあるようだ。顔を真っ赤にして怒鳴った陛下が私を殴ろうと手をあげた。

「『陛下っ』」

「『妃殿下』」

クルトは陛下を後ろから羽交い絞めにし、私と陛下の間にはシュヴァリエとフォンティーヌがいた。ノルンは魔法で障壁を作って私を守った。

「放せ、クルト」

「いけません、陛下。落ち着いてください」

「クルト、陛下を放すな。陛下、落ち着いてください。陛下も王妃様も落ち着いてください」

陛下がじたばたともがくせいで手や足がクルトに当たり、彼は痛そうに顔を顰めていたけどそれでも陛下を放したりはしなかった。

「男として女性に暴行を振るうのは容認できません」

たまにはクルトもまともなことを言う。

「陛下」

周囲の慌てぶりを見たおかげで少しだけ私も冷静になれた。頭に上っていた血を意識的に下げて、怒り狂う陛下を静かに見つめた。

都合の悪いことには目を瞑り、綺麗なことにだけ目を向ける。図星をさされると癇癪を起こす。まるで子供ね。

「陛下は一人で何人の敵を滅ぼせますか？　竜族は獣人族の中で最強と言われています。あなたの腕力や脚力を以てすれば、あなたにとってほんの些細なことでも私たち人族はひとたまりもないでしょうね。なら、あなたと同じ竜族があなたの敵として現れたらあなたは一人で何人殺せますか？」

質問の意図が分からないのか、少しだけ落ち着いた陛下はソファーに座りなおして私を睨みつける。

「一人ですか？　二人ですか？　それとも十人ですか？　なら、それ以上の数があなたを殺そうとやってきた場合、あなた一人で対処できますか？」

「できる訳ないだろう」

即答だった。自分のさっきの言葉との矛盾に気づかないあたり、彼には考える頭が本当にないようだ。まぁ、ジュンティーレ公爵がそういうふうに育て上げたんだろうけど。

それでも彼は疑問に思い、立ち止まることもできたのだ。自分が傀儡であるという自覚があるのなら尚更。

己を悲劇の主人公に見立てて、それに酔って、甘えて、何もしなかった彼に同じ王族として同情する気はない。

「私も同じです。だから近衛がいるのです。だから近衛は団体で敵に立ち向かうのです」

私の言わんとすることが分かったのか、陛下は気まずそうに視線を逸らす。

「あなたは、視線を逸らしてばかりね」

「？」

私の声が小さすぎて陛下には届かなかった。ただの独り言なので言い直すつもりはない。言っても意味などない。

「私は疲れたので休みます。フォンティーヌ、この件に関して調査をお願いします」

「畏まりました」

「待ってください。何でフォンティーヌなんですか？」

「クルト、私はあなたに発言の許可を与えたつもりはありませんよ。あなたはいつから私より偉くなったのですか」

「っ。申し訳ありません。発言の許可を」

「発言を許可します」

「調査は近衛の役目。なぜ俺ではなくフォンティーヌにその任を与えるのですか？」

「簡単な話です。私が近衛を信じられないからです」

クルトは信じられないものを見る目で私を見る。自分の今までの態度のどこに信じられる要素があるのだろうか。

まさにお臍《へそ》でお茶が沸かせるとはこのことね。

「今回の不始末は近衛の責任です。それに近衛の半数がジュンティーレ公爵の縁故。もみ消されるかおざなりの調査をされて終わりでしょうね」

「まるでジュンティーレ公爵がこの件に絡んでいるような言い分だな」

陛下の言葉には本当に呆れるばかりだ。己を傀儡としている人間を信じられるなど私には到底真似できない。

「誰が犯人か私には分かりません。不用意な発言をするつもりもありません。ただ、あなたの味方が必ずしも私の味方ではないことだけは確かでしょうね。それでは失礼します」

ユミル視点

私は元は平民で今はカルヴァン様の番。公爵に養女にしてもらって貴族の仲間入りを果たした。

カルヴァン様は格好いいし、優しいから大好き。このままずっと私の幸せは続くものだと思っていた。

だけど、魔女が現れた。

意地悪で根性最悪のブス。

テレイシア王国王女エレミヤ。

あんな変なドレスを着てよく堂々と城内を歩ける。民族衣装みたいなものなんだろうけど、一人だけ違う恰好して目立ちたいだけでしょう。

逆に格好悪いし。

「ねぇ、お茶会の招待状は来てないの？」

「何通か届いています」

私の教育係だったグロリア女官長はエレミヤの怒りを買ってクビにされた。何十人もついていた私の侍女は今や数人だけ。

私は最低最悪の王妃によるいじめを受けている。

「随分と少ないのね。エレミヤが来るまではもっと多かったわ」

「エレミヤ王妃様か妃殿下とお呼びください、番様」

はぁ⁉　この女、侍女の癖に私に口答えするの。あり得ないんだけど。エレミヤがつけた侍女はみんな質が悪すぎる。

私はカルヴァンの番なのに。私に意見していいと思っているの。マジであり得ないんだけど。

「向こうだって、私のことを呼び捨てにしているじゃない」

「当たり前です。妃殿下は王族でこの国の王妃様なのです」

まるで私の方が格下のような言い方をする侍女。エレミヤの回し者ね。カルヴァンに言ってクビにしてもらおう。

「今日の予定は？」

「番様主催のお茶会が午後より入っております」

「そうだったわね。準備をするわ。ああ、それと行商を呼んで頂戴。次のお茶会用に新しいドレスと宝石を買いたいの」

「それはできません。既に番様に割り当てられた今月分のお金は使い果たしております。買うのでしたらまた来月にお願いします」

「はぁ!? ちょっと何寝ぼけたことを言ってんのよ! まだドレスを三着しか買っていないじゃない! それにそんなことを言われたこと一度もないんだけど」

暫く商人が呼んでも登城しなかった。理由は分からない。でもやっと商人が今まで通り登城することを許された。これでまた好きなものが買えると喜んだのに。

私の言葉に侍女は煩わしそうにため息をついた。私が元平民だからって馬鹿にしているんだわ。自分だってたかが侯爵夫人のくせに。公爵令嬢である私よりも身分が低いじゃない。

「ドレス一着だけで平民の一か月分の生活費に相当します。それに、今までそういったことを言われていなかったのは、王妃様が来るまでは民が納めた税金が予算に関係なく使われていたからです」

またエレミヤね。どこまで私を苛めれば気が済むのよ。だいたいカルヴァン様に愛されないのは自分の性格が悪いせいじゃない。自業自得ね。

ああ、容姿も最悪ね(笑)。まぁ、容姿は仕方がないわ。神様からのギフトなんだもの。これはつかりは同情するけど。

「それが平民の仕事でしょう。私が平民だった時だってあんたらの為に働いて、税金を納めていたんだから」

「存じ上げております。ですが、それを私欲の為に使うのは犯罪です。税金は全て国の運営の為に使われなくてはいけません」

「私はカルヴァン様の番よ」

「ならば尚更、それに相応しい行動が求められます」

それではまるで私が相応しくはないと言っているようなものだ。何て最低な侍女なの。私程カルヴァン様に相応しい人はいないのに。

腹が立って私は近くにあった花瓶を手で払った。

花瓶は床に落ちて砕けた。まるで今の私の心みたい。エレミヤに苛められてズタボロに砕かれていく私の心。

恋に障害はつきものというけど、哀れな私。

「意図的であれ、そうでないにしろものを壊された場合は予算から天引きされます。その花瓶の値段はドレス二着分の値段であるので来月はドレス一着だけ買えます。宝石類は小さいものであれば購入可能です。その場合はドレスの質を落とせば何とかドレスも購入可能です。オーダーメードよりも既製品をお勧めします」

どこまで私を馬鹿にすればいいの。

無愛想で淡々と告げていく侍女には苛立ちしか感じない。私が元平民だからって馬鹿にして。自分が生粋の貴族だからって偉そうにして。同じ人間じゃない！　こんなの差別だわ。

「……行って。今すぐ出ていってっ！」

侍女はため息をついた後、部屋から出ていった。一人になった私は流れそうになる涙を必死に堪えた。

でも堪えようとすればする程涙はせりあがってくる。結局、ぽたりと化粧台に涙が零れてしまった。

だけど、そんな私を慰めてくれる侍女はいない。私に好意的だった侍女はみんなエレミヤが解雇してしまったから。私はこの王宮で一人。なんて哀れなの。

エレミヤが誘拐された。いい気味。私を苛めたりするからよ。

フォンティーヌが大げさに騒いだから無駄に近衛を動かす羽目になり、城内は慌しかった。

おかげで一足先に部屋に戻っていた私は少し寝不足。

「ねぇねぇ、知ってる？」

私はお茶会に呼んだお友達に声をかけるとみんな興味深そうに私を見る。

「なんですの？」

「エレミヤが昨夜、誘拐されたのよ」

カルヴァン様には口止めをされた。王妃が誘拐されたなんて外聞に悪いって言って。でも、良いよね。

女の子はおしゃべりな生きものだし。ここだけの話なんて女の子には意味がないものだもの。

私の言葉にお友達が息を呑む音が聞こえた。

目を丸くしてみんな驚いている。こういう反応は大好きだ。みんなが私に注目をしているのは気分が良い。

「妃殿下は大丈夫だったんですか？」

「さぁ。会ってないから知らないわ。でも陛下の話によると血まみれだったらしいわ」

またまた、お友達は息を呑み私の次の言葉を待っている。

「悪漢たちを斬り殺したんですって。おぞましいわよね。人を殺すなんて。よくも平気でできたわよね。私なら無理よ。エレミヤは見た目通り、とても野蛮な女なのね」

みんな私に共感してくれると思った。

でも、私が望んだ反応は返ってこなかった。

「とても勇ましい方なんですわね、王妃様って」

「テレイシア王国では男女関係なく、王族はみんな武芸を習い、実戦も経験すると以前父から聞いたことがありますわ」

「まぁ。姫君がそのような騎士の真似事をさせられるんですか？」

「王族なのだから守られるのは当然だけど、守られる側が無力だと護衛にも迷惑がかかるでしょう。最低限、自分の身は自分で守れるようにするんですって。それにあそこは女性にも門戸を大きく開いている場所ですし、妃殿下の姉君は女王として立派に国を治めておりますもの。女性の社会進出が目覚しい国なのですわ」

みんな口々にエレミヤを褒める。

私は話についていけず、置いてきぼりをくらってしまった。それに気づくお友達は一人もいなかった。

結局、お茶会はエレミヤを褒めるという謎の状況のまま終わった。

「何なのよ、何なのよ」

イライラからついクセで爪を噛みながら私は廊下をずんずん歩いていった。

すると、ちょうど曲がり角のところで先程お茶会に参加していた令嬢の声が聞こえてきた。私は思わず足を止めて耳を澄ませる。

後ろにいる侍女が、盗み聞きなんてはしたないと言ってくるけど無視だ。

っていうかあんたをクビにしてってカルヴァン様にお願いしたのに、どうしてまだ私の侍女をやっているのよ。

「先程の番様の話、どう思います？」

「お父様は何も仰っていなかったわ。おそらく箝口令が敷かれている話かと」

「やっぱり。私もそう思いますわ。それをべらべら話すなんて。番様は何を考えていらっしゃるのかしら」

困ったわと頬に手を当てているのはシャーリー・デュエトロ伯爵令嬢。

他に三人、ルイ・コスター男爵令嬢にペルーズ・リリエンター伯爵令嬢とマリー・マルグリット伯爵令嬢がいる。

四人とも私が陰で話を聞いているとは夢にも思っていないようで話を進める。

「何も考えてはいらっしゃらないでしょう。あの話だってシャーリー様が話の流れを変えなければ、きっと妃殿下のことを傷物のように貶める発言をしていたはずですわ」

そう言うのはルイだ。

彼女の言葉に三人とも顔が青ざめる。

「そうなれば、その場にいた私たちも巻き添えを食っていたかもしれませんわね」

ぶるりとマリーは体を震わせる。両手で自分の体を抱きしめる様はか弱い貴族令嬢を連想させる。

女友達相手にかわい子ぶるなんて一番質が悪いんじゃない。私、今まで騙されていたわ。

「妃殿下に不敬を働いた財務大臣様は処罰を受けましたし、それにホワイエルディ伯爵の悪事が露見しましたでしょう。あれに妃殿下が一枚噛んでいるのではないかというのがお父様の見解なの」

ペルーズの言葉にマリーが「実は」と声を更に落として話した。

「お父様が番様と距離を置いた方が良いと仰っていましたの」

「私もですわ」

「私も」

「私もよ」

マリーの言葉に残りの三人も追随する。それが私には信じられなかった。

「妃殿下を敵に回すべきではないわよね」とシャーリー。

「でも、あまり親しくならずに様子見をしばらく続けたほうがいいんじゃないかしら」とペルーズ。

「そうですわよね。公爵か妃殿下かどちらにつくかまだ答えを出すには早計すぎる気がします」とルイ。

「けれど番様と一緒にいると要らぬ火の粉を浴びるのも事実。徐々に番様と距離を取っておきましょう。その方が安全だわ」

最後にマリーが締めくくってこの話は終わった。四人が見えなくなると私は後ろにいる侍女を睨みつけた。

「ちょっと、あんたの主が悪く言われてんのよ！　何で何も言い返さないのよ！」

「それは私の仕事ではありません。それに後宮の使用人の主は妃殿下であって番様ではありません」

そうだった。この女もエレミヤの手先だった。

「何よ、何よ、何よ！　あんな奴らこっちから願い下げよ！　頼まれたって友達なんかにならないわ。絶交よ、絶交。泣いて縋っても二度と友達認定してやんない！」

そう言って廊下の真ん中で叫ぶ私を近衛が何事かと見に来たけど、私は気にしなかった。そんな私に侍女がまた呆れるようなため息をついた。

エレミヤの手先だけあって無能だし、性格悪い、ブスだし。こんな侍女を私につけるなんて、本当にエレミヤは最低ね。絶対、いつか天罰が下るわ。

三．決着

ユミルの部屋の前を通るとユミルの怒鳴り声が聞こえた。

わざわざ聞き耳を立てなくても何を言っているのかまるわかり。

それに口調が完璧に平民の口調に戻っている。今までも貴族らしい話し方ができていたとは言い難かったけど。

「番様は元は平民だと聞いたことがあります。それなのに、どうして身分で差別をするのでしょう。元平民なら貴族に対して萎縮するか、身分など関係なく分け隔てなく接する、とても親しみやすい感じになるものではないでしょうか」

ノルンの疑問に私は苦笑する。

人は力を持てば変わる。ユミルが前、どんな人物だったかは知らないし興味もないけど、この国の最高権力者の番になり、溺愛されれば人格が変わってもおかしくない。

「ある国で監獄実験というものを行ったことがあったわ。監獄に人を閉じ込めて、それぞれに囚人と看守という役割を与えたわ」

「その実験はどうなったのですか?」

「日にちが経つにつれて看守が横暴になっていったそうよ。この実験で分かったことはね、与えられた役割を演じることで性格にも影響が出るということ」

「番様も『番』という役割を与えられて今のように横暴になった可能性があるということですか?」

「絶対の善人がいないように絶対の悪人がいないのだから、そうでしょうね。まぁ、彼女の生来の性格かもしれない可能性も捨てきれないけどね」

彼女の取り巻きが徐々に減ってきているのは知っている。

公爵派の人間が正当な理由で何人か処罰されたことが影響しているのだろう。

そして今回の誘拐事件もまだ調査は完全に終わってはいないが、フォンティーヌの話だとやはり公爵派の人間の仕業らしい。それを処罰すればさらに公爵側の陣営は瓦解するだろう。

後はどうするかが問題ね。

ちらりと後ろにいるエウロカを見る。無表情でついてくるエウロカ。

そして夜会で会ったキスリング。

「部屋に戻るわ。エウロカ、お茶の準備をお願い。できたら下がって良いわ」

「畏まりました」

私の言葉にノルンとシュヴァリエは不服そうな顔をした。

私がエウロカにお茶の準備を頼んでいることが納得できないようだ。まぁ。彼女たちの立場ならそうでしょうね。

私は迷っているのだ。エウロカをどうするかを。

彼女の生い立ちを考えれば同情の余地はある。だからこそ、迷ってしまう。彼女もある意味被害者のようなものだし。

「どうしたものかな」

◇◇◇

エウロカが淹れてくれたお茶を飲みながら私は今後のことについて考える。

シュヴァリエは部屋の外で待機。侍女たちは下がらせたので部屋には今、私一人だけだ。

「姫」

ハクが転移魔法で現れた。

「調査結果です」

彼から貰った資料を一読した。

「誘拐されたと伺いましたが」

「大丈夫よ。見た通り、どこも怪我はしていないわ」

「ここの警備はざるですね」

軽蔑を込めてハクが冷たく言い放った。

「そうね。元々、竜族というのは力でものを解決したがる生きものだから頭を使うのは不馴れなのよ。警備体制を考えるのは彼らには難しいのでしょうね。万が一、侵入されても誰でも対処はできるだろうし」

ユミルのところはガチガチに近衛に固められているから大丈夫でしょうね。それに後ろ盾になっている公爵は裏ボス。実質、彼がこの国の最高権力者と言っても過言ではない。

ユミルのことは上手くいっている。取り巻きが減ったことを私のせいだと思っている。まぁ、実際そうなんだけど。

彼女からは焦りと苛立ちの感情がドア越しからでも伝わってきた。

上手くすれば私を排除しようと動いて自滅してくれるだろう。

そうなればユミルを後宮から追い出す口実を作れるし、公爵は彼女を切るだろうけど、公爵自身も痛手を負うことになる。

後はユミルの自滅を待つだけね。

私は喉を潤す為にエウロカが淹れてくれた紅茶を飲んだ。彼女が淹れるお茶は独特の味がする。これぱかりはいかに優秀なノルンでも出せる味ではないだろう。

◇◇◇

誘拐犯は公爵の派閥の人間だった。

明確な証拠も出てきた。

公爵からフォンティーヌに対して圧力があったそうだけど、王妃命令だということで押し通したそうだ。

すると彼は私とフォンティーヌが恋仲ではないのかと下世話な発言をしたそうだ。

即座にフォンティーヌが否定したことと、執務が立て込み、ほとんど執務室から彼が出ないことを証言できる同僚や部下が複数いた為、ことなきを得た。

逆にフォンティーヌが公爵を不敬罪として訴えたそうだ。また今回の誘拐犯の件も公爵の派閥の人間がしたことで監督不行届の責任を負わせ、暫くの自宅謹慎までは持っていけたそうだ。

実行犯ではないし、摂政としての発言力が公爵にあるなかここまで持っていけたのは彼の手腕によるものだ。

あの王には勿体ないできた部下だと思う。テレイシアに欲しいところだ。

ちなみに誘拐犯は爵位返上の上、一族処刑となった。

「徐々に公爵の発言力が弱まってきているわね」

派閥から抜ける貴族が増えつつあるのは、ノルンやシュヴァリエが集めてくる情報で確認できている。

「追い込まれた鼠《ねずみ》は次に何をするかしらね。ねぇ、キスリング。あなたはどう思う？」

月がてっぺんに来る時間帯。窓辺でワインを飲みながら私は目の前にいる人物に声をかけた。

「窮鼠《きゅうそ》猫を噛むと言います。鼠は菌を持っています。些細な傷でもそれが猫を死に至らしめることもあります。油断は禁物かと」

キスリングの従者から内密に話があると言われた時は驚いたし、警戒もした。だが同時に僥倖《ぎょうこう》だとも思った。

公爵側の味方が一人欲しいと思っていたところだ。

キスリングは母親の保護をする代わりに公爵の情報を流す約束をしてくれた。

キスリングの実の母親は監視がついていた。母親を人質にとられ、言いなりになっていたようだ。

ハクに調べてもらい裏を取れているので問題はない。

キスリングの母親にはハクの部下をつけている。

「もちろん、分かっているわ。鼠は大量の菌を撒き散らし、大勢の人を殺すことができるということを。この国は正に鼠が持ち込んだ菌に感染させられた人ばかりね」

「ならいいです。陛下は完全に父の言いなりですし、番様も馬鹿ではありますが、だからこその厄介さもあります。充分に気をつけてくださいね」

「ええ、分かっているわ」

「義母の件も」

「どうせだから今回の件とまとめて片が付くようにするつもりよ。元々公爵側のスパイが欲しくて野放しにしていただけだから。あなたはいいの?」

「接点はありませんから。それに私の母親は一人だけです」

「そう」

可哀想だけど仕方がない。彼女と私の選択の結果だ。ただできるだけの配慮はしよう。

キスリング視点

母はジュンティーレ公爵家で侍女として働いていた。息子の俺から見ても綺麗な人で、その為ジュンティーレ公爵に目をつけられた。そしてできたのが俺だった。

正妻のエウロカエル様は大人しい方で、妾となった母やその息子である俺を追い出したりすることはなかった。

特に冷たく当られることもなく、だからと言って優しくされた訳でもない。

多分、彼女にとって俺と母は空気のような存在なんだと思う。

人形のように従い、息を潜めて生きているエウロカエル様は見ていてとても哀れだったけど、公爵家に仕えている使用人からの悪質な嫌がらせから母と自分を守ることで手一杯だった俺は、彼女のことまで気遣う余裕がなかった。

エウロカエル様とジュンティーレ公爵の間に子供はなく、必然的に俺が跡継ぎとなった。なりたくはなかった。でも母のことを考えると断ることもできなかった。

ジュンティーレ公爵は母を人質にとり、様々なことを俺にさせた。時には人に言えないようなこともした。

「初めまして。私はユミル。これから、よろしくね。お兄様」

ある日、ふわふわの雰囲気を纏った甘ったるい声の少女が公爵家に来た。

ユミルは平民の子供だけど、陛下の番。その為、公爵家の養女になった。

彼女の両親は今も平民として暮らしているらしい。ユミルが実の両親と繋がりをまだ持っているのかは分からない。

ただ平民から一気に公爵家の令嬢で陛下の番というシンデレラストーリーのような体験をした彼女はとても気が大きくなっており、問題事も多く起こしていた。

「お兄様は可哀想ですわ。私と違って立派に貴族の血を引いているのに差別されるなんて」

まだ陛下の番として迎えるにはマナーや常識に問題があったので公爵家で教育をしていた時、ユミルはよく俺にそう言って擦り寄ってきた。

胸を押し付けて上目遣いで男を誘惑しようとする姿は、パン屋の娘というよりは娼婦の娘を連想させる。

「誰かに何か言われたら私に言ってくださいね。妾の子とはいえ、お兄様が私のお兄様であることに変わりはありませんわ。お兄様を悪く言う使用人は私が追い出して差し上げます」

そう言って胸を張るユミルには呆れるばかりだ。

いつから彼女はここの女主人になったのだろう。

それに今の言葉は俺を気遣っているようで、妾の子である俺を蔑んでいるのが分かる。

「使用人の采配はエウロカエル様の役目。番様のお仕事は一日でも早く陛下の元へ行けるように勉強することです。俺のことはどうぞお構いなく」

さっさとこの家から出ていってほしい。願わくばそれ以降は関わらずにすみたい。切実に。

「お兄様はお優しいんですね。私のことを気にかけてくださって。私も早く陛下の元へ行きたいですわ」

でも彼女が正妃になれるかは微妙だ。

今、貴族の中では意見が二分している。

ユミルを正妃に迎えるという意見とテレイシアの王女を正妃にして、ユミルを愛人にするという意見だ。

この国は武力だけはどこの国よりも強いが、それだけでは戦争には勝てない。

万が一帝国が攻めてきた時に備えてテレイシアの後ろ盾が欲しいのだろう。

正妃になれると信じている十代の少女には少し酷な話だが、普通に考えて幾ら公爵家の養女となっても元平民がそう簡単に正妃になれるはずがないと分かるものだ。

◇◇◇

キスリングが出ていった後、私はシュヴァリエとノルンを呼んだ。

「ユミルがおかしな動きをしている情報を得たわ」

「懲りないですね」

ノルンは呆れながら言う。

「それで、どうされるおつもりですか？」

私の対応で動きが変わるのでシュヴァリエはユミルの始末について聞いてきた。

「利用して彼女を完全に潰す」

「逃げられない証拠を持ってきたところで認められませんよ。番の為ならたとえ非人道的なことすらも躊躇いなく行ってしまう。番が望めば世界すらも手に入れようとする。獣人族にとって番とはそういう存在です」

「まるで呪いね。陛下にユミルが裁けるなんて期待はしていないわ」

「では、どうなさるつもりですか？」

首をこてんと傾けてノルンが聞く。ユミルがするとあざといけどノルンがすると純粋に可愛いわね。

「ユミルは行方不明になるわ。いい男を見つけて城を出ていくの。人間の女は恋多き生きもの。純粋無垢で子供のように無邪気な言動を普段から取っているならユミルが感情のまま衝動的に動いても何もおかしなことはないでしょ」

養女とはいえユミルが正妃に危害を加えようとした証拠が見つかれば、幾ら公爵でも処罰は免れない。

彼の派閥から徐々に人が抜け出ていることは確認済。その状況でユミルが今から起こそうとしていることが明るみに出れば致命的ね。

権力を完全に削いで失脚させられれば、後は息子のキスリングが公爵家を継げばいい。

「二人には悪いけど何かあってもギリギリまで手を出さないでね」

「分かりました。念の為にこれを身につけてください。一度だけですが物理攻撃を防いでくれます」

「ありがとう」

ノルンは赤い石のついた指輪の魔導具をくれた。

魔導具は魔力の込められたもので魔族でなくても魔法を使うことができる。

私はそれを左の中指に嵌めた。

そういえば婚姻式の時に指輪交換しなかったな。

愛を誓い合う二人が互いに用意して指輪を互いに嵌め合うけど、陛下が用意してくれた婚姻式にはそれがなかった。

まぁ、すると決められた儀式ではないけど女性なら誰でも憧れるし、普通はするものだ。

形だけでもしたくなかったんだろうな。愛を誓い合うなんて行為。

私は左の中指に嵌めた指輪を見て苦笑した。

「どうかされましたか？」

ノルンは眉を下げ、心配そうな顔をしていた。シュヴァリエを見ると彼もノルンと同じで私を心配しているようだった。

私は彼らを心配させまいと笑顔を作って「何でもない」と答えた。

しかしノルンもシュヴァリエも納得はしてくれなかったので「本当に些細なことよ」と前置きをした。

「ただ、政略結婚だと分かっていても夢だったなと思って。指輪交換」

私の言葉に二人は息を呑み、続いて悲しげに顔を歪めた。

「ね、些細なことだと言ったでしょ」

部屋に充満する何とも言えない空気を払拭したくて私は敢えて明るく言った。

私の意図を察してくれた二人は苦笑ではあるけど笑い返してくれた。

◇◇◇

キスリングとは内々のやり取りが続いている。私と彼が繋がっているとバレるのはまずいので、いつもみんなが寝静まった時にハクの転移魔法でキスリングと会っている。

もちろん完全に信用した訳じゃないので、彼の情報が正しいのかハクに裏を取ってもらっている。

今のところ彼のくれる情報に嘘はないようだ。

彼がもたらしてくれた情報のおかげで決行日が分かった。それに合わせて準備万端。後は事が起こるのを待つだけ。

ユミルが単純な人で良かった。

私は怪しまれないようにネグリジェを着て、寝る準備万端にしてベッドの中に入る。もちろん、ネグリジェの中には暗器がたくさん仕舞われている。

王族たるもの、暗器の収納に困らない服は持っていて当然！

ベッドで寝たふりをしているとベッドを中心に魔法陣が現れた。

来た！

そう思った時には私の体は冷たい石畳の上にあった。

目を開け、周囲を警戒しながらゆっくりと体を起こして状況を確認する。

目の前には祭壇のようなものがある。辺りはロウソクの火で夕日色に染まっていた。

空気の逃げ道がないせいでどんよりとした空気が充満している上に、湿気も溜まっているので不快指数がかなり高い。そこから考えるにここは城の地下のようだ。

「あっれぇ。もう目が覚めちゃってるのぉ？　それとも最初から起きてたのかしら。ああそうか、夜更かしばっかりしているからそんな醜い肌をしているのね」

失礼ね。これでもつやつやで玉のお肌って言われているのよ。

私は不快気を隠すことなく声の主を睨みつける。

いつもの甘ったるい声ではないけど、いつも通りの耳に入っただけで不快になる甲高い声を出しているユミルが、醜悪な笑みを浮かべて私の前に現れた。

彼女の横には奴隷の首輪をつけたどんよりとした目の青年がいた。おそらくその青年が転移で私をここへ連れてきたのだろう。

「こんばんは、ユミル。随分と強引なお招きね。でもお茶会をするには些か時間が遅すぎるのではないかしら。ダメよ、夜更かしをしては。でないと、大したことのない肌が余計に見るも無残な程ボロボロになってしまうわよ」

「はぁ⁉　それ私に言っているの？　あんた、立場分かってんの。王宮でもそうだけどさぁ、そういう態度はどうかと思うよ。私はカルヴァンの番で、あんたはおまけ。立場で言えば私の方が上なんだからね。少しは自分の立場を理解しろってぇの」

言葉遣いが完全にどこかのギャングね。彼女、平民じゃなくて元ギャングだったのではないかしら。

それに予想外だったのは彼女がここにいること。普通、黒幕は指示を出して自分は安全な場所で「私無関係ですよ」という体を整えるものだ。何で黒幕が堂々と姿を見せているの。

さっきの言葉もそうだけど、「立場を弁えろ」？　それはこっちのセリフなんだけど。

バカな言動は王宮に居た時からそうだけど、正妃を誘拐しておいて堂々と姿を見せる程の馬鹿だとは思わなかった。自分は番だから誘拐も人殺しも合法になるとでも思っているのだろうか？

それとも彼女にはこれが犯罪行為であるという認識がないのだろうか。

「ユミル、あなた自分が何をしているか分かっているの？　私をこんなところに誘拐してただで済むと思っているの？　だいたい、どうしてあなたがここにいるの？」

「ユミルじゃないっ！　気安く私の名前を呼ぶな！　この下民！　私はカルヴァンの番なの！　この国で一番偉いのよ。あんたみたいな王女って身分しか取り柄のないバカ女が気安く名前を呼んでいい相手じゃないのよ」

パシン。

ユミルが私の頬を叩いた。続いて、腹部を蹴り上げた。息が詰まりかけたけど所詮はろくに運動もしていない女の攻撃なので大した威力はなかった。

こんなことでノルンがくれた魔導具を使いたくなかったので、頬を叩かれる前に気づかれないように指輪を外しておいた。

アクセサリー型の魔導具の特徴として使用者が身に付けていないとダメだからだ。

それにしても初めての犯罪行為で興奮しているのだろうか。ここに来てからのユミルの口から放たれる言葉が酷すぎる。

どんなに彼女が陛下の番でも正妃である私の方が立場が上なのに、それを理解できていない発言ばかり。誇大妄想をしているかのように自分が私より上だと誇張する。

彼女の馬鹿な言動や公爵派の人間の減少からユミルの取り巻きはどんどん減っていった。それに対してさすがに危機感を持って、私が彼女よりも下だと見下すことでユミルは自分を保っているのだろうか。

ユミルはまるで自分に言い聞かせるように私を「下民」と言って貶める（彼女はきっと下民という言葉の意味を理解していないのだろう）。

自分が上だとまるで言い聞かせているみたい。そんなことをしても現実は変わらないのに。

「私がここにいるのはねぇ、あんたの苦しむ顔が見たいからよ。あんたのいじめのせいで私は心に深い傷を負ったの。だから、私が負ったのと同じくらい。いいえ、それ以上の苦しみをあなたに与えてあげる。苦しみもがきながら死になさい」

それが合図であったかのように奴隷の青年は詠唱を始めた。

パリン。

ガラスが割れるような音がした。

その音は何もない空中で鳴った。そして、その音がしたと同時に奴隷の青年が後ずさり、片膝を地面に突く。

「何？」

何が起こったのか分からないのはユミルだけ。

「ちょっと、何してんのよ！　この役立たず。早くこの女を苦しめなさいよ」

「止めなさいっ」

「ぎゃあっ」

魔法を使おうとしてもさっきのようにガラスの音がして発動まで至らない奴隷の青年に、痺れを切らしたユミルが暴力をふるいだしたので、私は隠し持っていた小型のナイフで青年の腹部を蹴ろうとしていたユミルの足を刺した。

「いだぁぃっ」とのたうちまわるユミルを冷たい視線で見下ろした後、私は青年の元へ向かう。

「大丈夫？」

彼の肩に触れて顔を覗き込む。

どんよりとした目が私に向いた。けれど、その目には何も映っていない。

「妃殿下」

隠れていたノルンとシュヴァリエが私の元へ来た。

キスリングの情報で敵が魔族の奴隷を使うことも、転移魔法を使用することも分かっていた。問題は転移魔法でどこに連れていかれるかということ。キスリングもそこまでは掴めなかった。

しかし、転移魔法を使用すると魔法の軌跡ができる。ノルンにそれを追ってもらい、ここまで来てもらったのだ。

さっきのガラスの割れるような音はノルンの仕業だ。彼女が奴隷の青年の魔法を発動前に防いだことによるものだ。

彼が発動しようとした魔法よりも強い魔力と魔法をぶつけることで可能となる。タイミングもいるのでなかなか難しい技だと以前ハクが言っていた。

シュヴァリエは奴隷の青年とユミルをいつでも排除できる位置を取り、更に周囲を警戒しながら剣を握る手に力を籠める。

「なあにしでんのよぉ！　ごの役立たず！　ざっざとごの女をごろしなさあよぉ！」

地面に転がり、涙と涎、鼻水でぐちゃぐちゃになった顔でユミルが奴隷の青年に命じる。

青年がつけている奴隷の首輪が青紫色に光ったかと思うと青年が苦しみだした。

しかし、青年が声を上げることはない。「ぐっ」とくぐもった声を出した、噛み締めた唇から血が流れる。

「シュヴァリエ！」

「御意」

「ぎゃあぁぁ！」

ユミルの手には青紫色に光っている石が握られていた。シュヴァリエはユミルの腕を切り落とすことで石を彼女から奪った。

これは奴隷を痛めつける為の魔導具。呪術に分類される。

「大丈夫？」

ユミルの手から石が離れると青年の苦しみが和らいだのが分かった。

「直ぐに外してあげるわね」

「妃殿下、これを」

「ありがとう、シュヴァリエ」

ユミルから奪ったのだろう。奴隷の刻印が記されたブレスレットをシュヴァリエが持ってきた。私はそのブレスレットと奴隷の首輪をくっつけ、ユミルの血を垂らした。

すると奴隷の首輪は簡単に青年から離れた。

青年は不思議そうに私を見つめた後、石畳に転がる首輪と私を交互に見つめる。私は彼の背中にそっと手を添えて、立たせる。

「これであなたは自由よ」

「……自由」

「ええ。もう、あなたを縛るものは何もないわ。あなたは自由よ」

私がそう言うと青年の目からぽろりと涙が零れた。

無表情のまま、声を出さずに泣く彼を私はそっと抱きしめた。彼は子供のように私にしがみついて泣いた。

「なあにしでんのよぉ。ごの役立たずぅ。私がごんな目にあっでるのにぃ。さっさど、ごの女をやっづげなさいよぉ。お、お父様に言いづけるわよぉ」

腕から血を流しながらユミルが訴える。

奴隷の首輪から解放された青年はもうユミルの命令に従う必要はないが、彼女にはそれが分からないようだ。

「い、今まで、誰があんたをが、がわいがっただど、お、おもっでんのよ」

「シュヴァリエ」

「御意」

「待って」

シュヴァリエにユミルのとどめを刺すように命令すると澄んだ、幼い顔と同様に幼い声がそれを止めた。

流れ出る涙を袖で拭いながら青年は私から離れる。

「僕がやる。僕にさせて。けじめをつけたい」

シュヴァリエがどうしますかと視線で問うてくる。

「分かったわ」

青年がユミルに近づき、シュヴァリエは念の為近くで待機する。

ユミルは青年を睨みつけ、口汚く彼を罵っている。

青年は詠唱を始める。するとユミルの体は徐々に凍っていき、最後には完全に凍り付いてしまった。

「妃殿下、ここは今は使われない贄《にえ》の間です」

「贄の間？」

「はい。三十年前まで行われていた魔女狩り。それを利用して魔女を贄に悪魔を呼び出して己の欲を叶えようとした王侯貴族が使用していた場所です。今は使われなくなっているので人が来ることはありません」

つまりシュヴァリエが言いたいのは、この地下に凍ったユミルを放置しても問題はないということだ。

「分かったわ。地下への道は念の為ノルン、塞いでくれる」

「畏まりました」

青年を連れて地下を出た後、贄の間へ続く道の途中と入り口をノルンは瓦礫で閉ざした。その地下に私たち以外の人間が隠れていたことに気づかないまま。

四.カルラの成敗

エレミヤ様の侍女をしています、カルラです。お久しぶりです。

私は誰もいなくなった地下で氷漬けにされたユミル様の元へ行き、そっと氷に触れます。すると、氷は見る見るうちに溶けていき、ユミル様の体はそのまま石畳に落下しました。

氷漬けにされてすぐに死ぬ訳ではありませんが念の為確認してみます。

良かった。まだ生きています。ゴキブリはやはり生命力がお強いですね。

でも、このままでは出血死してしまいますので、私は石壁に備え付けられている松明を持ち、ユミル様の腕に押し付けます。

鼻につく嫌な臭いがしました。これで止血は完了です。

私は転移魔法でユミル様と一緒に地下から脱出します。そう、私も魔族なのです。

ユミル様を結界内に閉じ込め、空中に浮かべて固定します。

そして頭から水をぶっかけます。

「うっ。ここは?」

お目覚めのようです。

「おはようございます、ユミル様」

「誰よ、あんた」

妃殿下の侍女として何度もユミル様と顔を合わせたことがあるのですが、覚えていないのも仕方がありません。

我が主や妃殿下とも違い、この方の頭の中は可哀そうな程隙間が多いですから。

「ユミル様、あなたは我が主のお気に入りとなった妃殿下に手を出されました。その罰は受けていただきます」

「はぁ⁉　何訳の分かんないこと言って、ぎゃあ」

「何て下品な悲鳴でしょう」

私は鞭でユミル様の体を叩きます。この鞭には棘がついており、叩くたびにユミル様の体に食い込みます。

それだけではありません。

この鞭はなんと相手に怪我を負わせた後に治癒させてしまうのです。なので体には一切傷が残りません。しかし、鞭についた棘では死にはしないけど相手に苦痛を与える毒が仕込まれております。傷はないのに、痛み続ける傷をその体に刻むことができるという優れものです。

「いだい、いだい、いだいって言ってんじゃん。やめてよぉ」

「この状況で、そう言われて止める人はいません」

バシンっ。

「あなただって止めなかったではありませんか」

バシンっ。

「顔の良い魔族を侍らせて、道具のように扱うのはどんな気持ちですか？」

バシンっ。

「あなただって同じ道具なのに」

バシンっ。

「カルヴァンを満足させる為の道具。公爵の地位を絶対のものにさせる為の権力の道具。滑稽ですね。道具が道具を道具として使う様は」

バシンっ。

ああ、やりすぎてしまいました。あまりの痛みに気を失ってしまったユミル様の頭に再び水をぶっかけます。

何回かかけるとユミル様は目を覚まされました。

「この程度の痛みで気を失わないでください。あなたが我が同胞に与えた苦痛はこの程度のものではないのですから」

「ひっ」

ああ、いけませんね。殺気を抑えなくては。でないと、この弱者はすぐに気を失ってしまう。なんて扱いづらいんでしょう。まだショーは始まったばかりなのに。

「随分と精が出るな」

フードを目深に被った男が来た。フードから見えるのは黒い髪と血のように赤い瞳。そして褐色の肌。私の主、ノワール様だ。

「こんなバカ女がよくエレミヤに楯突こうと思ったものだ。いや、馬鹿ゆえか」

ノワール様はユミル様をまじまじと見つめる。ユミル様にはもう言葉を発する気力もないみたいで、ただノワール様を睨みつけるだけだ。

「女、ここに助けは来ない。ここは俺の国だからな。カルラが転移魔法でお前を俺の国に飛ばしたんだ。気づかなかっただろう。ここは俺の城の地下だ。因みにお前の愛しの陛下は自分の国でまだ夢の中だろう。自分の番がこんな目に遭っているとも知らずにな。だが、安心しろ。お前は俺の国で可愛がってやる。カルラ、この女に奴隷の首輪を。自害を禁じろ。絶対に死なせるな。気が狂うことも許すな」

「畏まりました」

「俺はエレミヤを存外気に入っている。お前如きが手を出すのは許さない。身の程を弁えろ、ブタ」

そう言ってノワール様は地下から出ていかれました。

私はノワール様に言われた通りユミル様に奴隷の首輪を嵌め、自害を禁じました。そして、どのような状況になろうと正気を保てるように心に保護の魔法を施しました。

「大丈夫ですよ、ユミル様。ノワール様の仰った通り。あなたはこの国でたくさん可愛がってあげますね。ああ、でも勘違いしないでくださいね。あなたのような薄汚い女をノワール様が相手にすることはありませんから」

この愚かな女はちゃんと言わないと分からないだろうから、そこだけは釘を刺しておいた。

我が主は無駄に顔だけは良いので、この女はころっと騙されてしまいそうです。

しかも自分が可愛いと思っているみたいで、不敬にもノワール様を白分の色香で惑わせたなどと愚かな妄想をした挙句、あの国のように我が物顔でこの国に居つきそうなのでそこだけははっきりさせないといけませんね。

ユミル様は可哀想に生まれてから一度もご自分の顔を鏡で見たことがないのでしょう。

だからあれほど神々しい容姿をしている妃殿下に対しても容姿で勝てるなどと思いあがってしまわれたのですね。

貧乏というのはとんでもない悲劇を招いてしまうということを今回身をもって知りました。

なので、ノワール様に貧困問題の改善を早めに取り掛かるようお願いをしてみましょう。

ユミル様のような可哀そうなお方を作り出さない為に。

ユミル視点

どうしてこうなったのだろう。

まるで分からない。

あのカルラとかいう女が言った通り私の体には一切の傷がない。前と変わらず美しい肌だ。なのに、少し動いただけで痛みが生じる。

ここがどこの国か分からない。

大きくて綺麗な邸に私はいる。そこはカルヴァンの城と変わらない。世話をする人もいる。数人程度だけど。

「ちょっと、動きなさいよ。こっちは忙しいんだからね」

「うっさいわねぇ。っ。引っ張らないでよぉ。体が痛いんだから」

「どこも怪我していないのに痛がってばっかり。嘘も大概におし」

小太りの中年女が私を引っ張って、浴室に連れていく。そこで彼女は私に頭から冷水をかける。

「つっめたぁい。やだぁ、止めて、止めて、痛いの」

少し動いただけでも痛いのに彼女は更にたわしでごしごしと私の体を洗う。しかも力加減なんてしてくれないから私の体が前と同じでもかなり痛かっただろう。

「準備するように言われてんだよ。てまぁかけさせんじゃないわよ」

「私を誰だと思っているの。カルディアス王国国王カルヴァンの番なのよ。あんたが気安く触れて良い女じゃないの」

「はいはい、大した誇大妄想だねぇ。借金の挙句に売られただけの哀れな小娘のくせに」

「それ、あのカルラとかいうバカ女が言ったの？　そんなの嘘っぱちよ」

「誰よ、カルラって。あんたもここに来て一か月経つんだからここがどういうところかそろそろ学びな。学習しないともっとひどい目に遭うよ」

私を洗い終えた女はこれで自分の仕事は終わりとばかりに、ごわごわで肌触りの悪いタオルと薄手の服を放り投げて浴室から出ていった。

「こんなの着ないからね」

「じゃあ、裸のまま出ていきな」

なんて野蛮な女なのだろう。あの不細工女。私が可愛いからって嫉妬しているんだわ。

でも、ずっと裸のままいる訳にはいかないので、仕方がなく私は用意された服を着た。

真っ白な一枚のワンピース。平民として暮らしていた時の方がまだましな服を着ていた。

「大丈夫よ。すぐにカルヴァンが助けに来てくれるわ。きっと、私のことを探してくれているはず」

それだけが唯一の希望だった。

そして私は今日も舞台に上がる。

今日、私を買ったのは女をいたぶるのが好きな男だった。私はその男に火で溶かした蝋《ろう》を体につけられた。

「あつっい。痛い」

カルラによってあの日与えられた痛みと熱々の蝋が与える刺激が合わさって、私に予期できない程の痛みを与える。だけど、実際に私の体に傷がない以上男は「大げさだ」と揶揄する。

誰も私の苦痛を分かってはくれない。

男は続いて焼き印を私の体に押し付けた。

「◇※□○Å■※◇■○」

言葉にもできない程の痛みと鼻につく嫌な臭いがした。

今日与えられた痛みは全てこの館で働いている天族によって治癒されるので、体には一切傷が残らない。ただし、私の場合は痛みだけはずっと体に蓄積される。

あのカルラとか言う女も治癒魔術を使っていたので天族の血を引いているのだろう。この世界で治癒魔術が使えるのは天族だけだと以前、聞いたことがあった。

この館は殺しさえしなければ、買った人間に何をしてもいいとされる。

この館に売られている人間はみんな重罪人。殺すだけでは飽き足りないと思われた人が来る場所だと、ここで働いている薄汚い女が教えてくれた。

私は何の罪も犯していないのに。嵌められたんだ。こんな野蛮なことをするのはエレミヤだけ。きっとエレミヤが私をこんな場所に閉じ込めたんだ。

与えられた痛みがいつも私を苦しめる。でもカルラのかけた魔法のせいで気が狂うこともできない。

私は一生、この痛みと闘い続けないといけないのだ。

「カルヴァン、早く来て、助けてよぉ」

どうして、どうして私がこんな目に遭わないといけないの。私は何も悪いことをしていないのに。

ジュンティーレ公爵視点

「なぜ、なぜ私がこんな目に」

カルディアス王国の摂政として権勢を欲しいままにしてきた。

実質、ジュンティーレ公爵家が王のようなものだった。

現国王であるカルヴァンは私の言うことなら何でも信じたし、何かある度に私を頼ってきた。そういうふうに育て上げたのも私だ。

番のユミルは我儘で少々扱いづらくはあったが単純な女なのでそこまで問題はなかった。

竜族にとって力が全て。力あるものに従うものだ。故に、力ばかりを誇示して、腹芸や策略に長けるものはいなかった。それ幸いと自国で今まで好きに振る舞ってきたが、それが一夜で全て無駄になった。

全てはあの女が来てからだ。

「……エレミヤ」

だから反対したのだ。他国の王女を迎え入れるなど。

だが、この国の為にならないと私の意見も聞かずに彼女を迎え入れてしまった愚か者どものせいで、この国は今や危機に陥っている。

「この国はテレイシアに乗っ取られる」

ぎりっと奥歯を噛み締めた。

「お前にはそれが分からんのかっ！　実の父親を裏切り、あの女狐の側につくとはなんと愚かな」

私は剣先を向ける息子、キスリングを睨みつける。

使用人も護衛も家にはいない。全て捕らえられてしまった。

本来なら陛下が私を庇い、こんな真似はさせない。だが、ユミルがいなくなってしまった。陛下は今それどころではないのだ。

ユミルが男を作って逃げ出したと城下では専らの噂だ。陛下は近衛を使って血眼になって探している そうだ。

「くそっ」

「この国がどうなろうが知ったことではない。私は母を守れるのならそれがあなたでも妃殿下でも、どちらでもいいのですよ、公爵」

「なら」

私が代わりに守ってやろうと言おうとした。それを遮るようにキスリングは冷笑し、剣を振り上げた。

「あなたは母を人質にとった。母の命を危険に晒した。これはその報いだ。大丈夫。王宮は今、行方不明になった番様を探すので手一杯。一臣下がショックのあまり自決したとしても大した捜査はされないでしょう。ましてやそれが国に巣くう毒虫だったのなら尚のこと」

「や、やめろぉっ！」

振り下ろされた剣は容赦なく私を切りつけた。まだ意識があった私にキスリングは液体をかけてきた。

何をする気なのかとぼんやりとした意識の中、彼を見ているとやがて彼は邸に火を放った。

「地位を失ったあなたはショックのあまり奥方と焼身自殺を遂げる。素敵な筋書きですね。安心してください。奥方は妃殿下が保護しています。死ぬのはあなただけですよ、父上」

「ごほっ。の、ごっ、呪ってやる」

「さようなら、父上。地獄で会いましょう」

そう言って去っていくキスリング。瀕死の状況の彼を睨みつける存在があったことに二人は気づかなかった。

「くそ、くそ、くそ」

誰もいなくなった邸で口から血を吐きながら公爵は呪詛のように繰り返す。

コツン。

そこに一人の女性が現れた。

「……だれだ？」

「あなたを救いに来ました」

そう言って妖艶に微笑んだのはエレミヤの侍女カルラだった。

◇◇◇

私はエウロカの淹れてくれたお茶を一口飲む。

「ねぇ、おかしいと思わない？」

部屋には私とエウロカしかいない。私は隅の方で侍女として控えているエウロカを見つめる。

「毎日、あなたの淹れるお茶を飲んでいるのに、どうして私は今もここにいるのか」

エウロカは無表情を貫いていたけど、握り締められた手が震えていた。

「気づいていたわ、あなたのお茶には毒が入っていることも。それを命じたのがあの夫であることも」

「……妃殿下、わ、私は」

謝罪をしようとして、けれど謝ってすむ問題でもないからか、エウロカは口を閉ざしてしまった。

「公爵なら今頃、キスリングが始末しているわ。あなたも死んだことになる。代わりの死体を用意してある」

「殿下？」

何を言っているんだという顔でエウロカが私を見てくる。

「あなたは立場上、逆らえなかったのでしょう。ご家族が残した借金もあるし、家族のことを盾に取られては仕方がないものね」

「そこまで、ご存じだったのですね」

エウロカの家が借金をする羽目になったのは公爵がそう仕向けたから。彼は自分で罠をはって嵌めたくせに救うふりをしてエウロカの実家を取りこんだ。

彼女の実家が経営している商会を手に入れる為に。

エウロカは観念したように膝をつき私に深々と頭を下げた。

「全ては私が独断でしたこと。実家は関係ありません。勝手を申しているのは分かっています。ですが、家族は本当に何も知らないのです。どうか、罰は私だけに。お願いします」

私は体を震わせながら真っすぐ私を見つめる彼女に視線を合わせる為に私自身も床に膝をついた。

「あなたはとても強いのね。一人で、辛かったでしょう。よく頑張ったわね」

「い、いえ」

伏せた瞳から涙が零れ落ちる。私はそれを見なかったことにした。

「さっきも言ったように、あなたは死んだことになっているわ」

さすがに王妃を毒殺しようとした人間を無罪放免にはできない。いくら理由があったとしても。

「あなたには修道院に入ってもらうわ。そこで一生、神に仕えなさい」

死刑を覚悟していたエウロカは驚きで目を見開いている。

「あなたの望み通り、家族には罰はないわ」

「あ、ありがとうございます。ありがとうございます」

エウロカは何度も頭を下げ、感謝を述べ続けた。

◇◇◇

ユミルが男を連れて逃げたという噂は女官長のジェット、それからエウロカの実家が経営している商会に頼んで流してもらった。

エウロカの実家にはエウロカを生かす代わりに流すようにお願いしたのだ。

ジュンティーレ公爵はユミルを管理できなかった不始末と王妃である私の毒殺未遂により、財産、領地を全て没収。地位は剥奪された。

ただ息子であるキスリングは近衛に所属している為、騎士爵位の地位が与えられている。

騎士爵位は一代限りのものであり、庶民よりかはましな暮らしができる。

貴族のくだらない柵もなければ、お茶会や社交界に参加する必要もないのでキスリングの母親には有難いことなのかもしれない。

因みに、キスリングは私の護衛騎士に任命した。それともう一人、地下で助けた魔族。薄水色の髪と瞳を持ったディーノ。

故郷に帰してあげようと思ったけど、家族は既になく、幼い頃に奴隷になったので故郷がどこなのかも分からない。本人の強い希望によりこの度、私の護衛に任命。

彼の場合、身元が不確かなのでそこはフォンティーヌにお願いして身元保証人になってもらった。王妃の護衛をするには常識的に人数が足りていないが、初めに比べたらマシだろう。

問題は公爵がいなくなったことにより、悪徳貴族の押えがきかなくなってしまったことだ。良くも悪くも公爵は彼らの抑止力になっていた。

フォンティーヌは彼らのことを悪知恵が働くけど浅はかでボロが出やすいと評価し、嬉々として取り締まっていた。それともう一つ、今まで見向きもしなかった公爵派の貴族が私に媚を売りだしたことだ。

私を馬鹿にできていたのも、この国で権勢を欲しいままにしていた公爵がいたからこそできたこと。

「そこを退け！」

エウロカがいなくなったので、カルラが代わりにお茶を淹れてくれた。私はカルラの淹れたお茶を飲みながらドアの外から聞こえる怒鳴り声にため息をついた。

外で怒鳴っているのは陛下だ。今にも殴りかかりそうな勢いで来たので私の護衛であるシュヴァリエに止められている。

ノルンはドアのすぐそこで待機している。何かあった場合、兄であるシュヴァリエをフォローできるように。

そしてディーノは私の傍で私を守るように控えている。

「あの男、殺してこようか」

陛下が来てからイライラが募っているディーノからは冷気が流れ出す。これは比喩ではない。彼は氷系の魔法を得意としているので、実際に出ているのだ。

「ダメよ、あれでもこの国の王なんだから」

私はお茶を飲もうとしてカップが空になっていることに気づく。すかさず、カルラがお茶を淹れてくれる。

「私の侍女も最初から仕えてくれているのはあなただけになってしまったわね」

私はそんな言葉を言いながらカルラのお茶を飲む。とても美味しい。

「ノルン、陛下を入れて頂戴。カルラ、陛下のお茶もお願い」

「畏まりました」

「畏まりました」

ノルンは嫌々、ドアの外にいるシュヴァリエに声をかける。

カルラは相変わらず無表情で何を考えているか分からないが、指示通りお茶を淹れる。

第四章

私の運命？

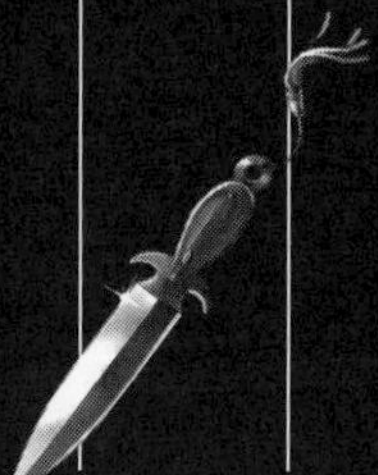

一．狂乱

陛下が部屋に入ってきて、今すぐにでも私の胸倉を掴もうとした。

慌ててフォンティーヌが陛下を止め、シュヴァリエとディーノが私と陛下の間に立った。キスリングとノルンは私の横で待機して備える。

「騒々しいですね。一体何事ですか、陛下」

「白々しい。俺のユミルをどこへやったぁっ!!」

「陛下、落ち着いてください」

フォンティーヌが何とか陛下を宥めようとしているが、陛下はまるで聞く耳持たぬ。

「ユミルは男を作って逃げたのでしょう。私が一体何をしたと仰るんですか」

「ユミルが俺を捨てる訳がないだろうっ！　彼女は俺の運命の番なんだぞ」

その言葉に私は笑ってしまった。

「何がおかしい」

その行為が陛下の燃え広がる憎しみの火に油を注いでしまうと分かっていても止めることはできなかった。

ああ、なんて能天気な頭だろう。

「陛下は何か勘違いをしておられる。ユミルは獣人族ではありません。人族ですよ。番というものは獣人族だけに通じるもの。人族には関係ありません。幾らあなた方獣人族が運命を感じようとも、私たち人は本能ではなく、感情で人を選ぶのですから」

くすくすと笑いながら私は陛下を見た。陛下は愕然《がくぜん》とした顔をしている。

哀れな男と同情する気はない。私と彼の関係は始めから破綻している。私にとって彼は心を交わすべき相手ではないのだ。

「ユミルが城を出た後、あなたは何をしていました？　何も知らずに寝ていたのでしょう」

「っ。ユミルが、俺を捨てるはずがない。ユミルは、かどわかされたのだ」

最初の頃の勢いは既にない。

それでもフォンティーヌは警戒するように陛下から手を放した。シュヴァリエ、ディーノ、ノルン、キスリングも警戒を解いてはいない。

フォンティーヌの支えを失った陛下は崩れ落ちるように床に膝をついた。

「カルヴァン」

護衛としてついてきたクルトが慌てて陛下を支えるが、彼にはもう立ち上がる力がないようだ。

目の下には隈ができ、頬はこけ、かなり衰弱しているのが分かる。

獣人族にとって番は命よりも大事な存在。失えば、狂人になると聞く。

今の彼はまさに狂う一歩手前だ。ここまで来たのなら私の目的まであと一歩のような気がする。

彼にはもう飾りの王も務まらないだろう。

「仮にユミルがかどわかされたとして、あなたは何をしていたのですか？　呑気に寝ていたのでしょう」

「っ」

「そんなあなたに私を責める権利があって？　責任転嫁は止めていただきたい」

「いい加減にしろ！　それでも、あんたは王妃か。番様を失って傷心の夫を追い詰めるなど妻のすることではない」

怒りで目を充血させながら怒鳴りつけるクルトに私はシュヴァリエから剣を借りて、彼に向ける。

「誰にそんな口を利いている？　一介の臣下風情が。余程死にたいらしいな」

「妃殿下」

フォンティーヌが私の傍に来た。額には冷や汗が流れ、顔色も悪い。状況を考えれば当然のことだろう。私はただの王妃ではない。他国から貰い受けた王妃なのだから。

「庇い立てする気、フォンティーヌ」

「いいえ。先程の発言を聞くに最早庇いだてる気などありません。しかし、一介の臣下如きにあなた様の手を煩わせる訳にはいきません。彼には相応の罰を与えますので、この場は引いていただけないでしょうか」

「フォンティーヌ」

「黙れっ！　これ以上、恥を曝すな」

フォンティーヌの一喝に現状を理解していなくともさすがに何かまずいと感じ取ったようで、クルトは黙る。

クルトが大人しくなったのを確認したフォンティーヌが再び私を真っすぐに見つめる。

大した男だ。

戦場を駆けた戦士の威圧、殺気にただの文官が耐えるなど本来できることではない。だがフォンティーヌは耐えている。

この国には惜しい人材だな。

「いいでしょう。フォンティーヌ、あなたに任せます」

「ありがとうございます」

それからフォンティーヌは放心状態の陛下と頭に？　を浮かべている脳筋……クルトを連れて部屋から出ていった。

ノルンとディーノがすかさず塩を撒いてた。

私はため息をついて椅子に深く腰掛ける。借りた剣をシュヴァリエに返して、カルラの淹れてくれたお茶を飲む。

「暫く、警護を強化させていただきます」

シュヴァリエが警戒しているのは公爵の失脚で危機感を感じている貴族が雇った暗殺者と陛下だろう。

「お願いするわ」

シュヴァリエは一礼してキスリングと共に部屋を出て行った。外で私の護衛に専念するのだろう。中はディーノとノルンの二人が護衛する。

カルラはただの侍女で戦闘能力はない。

◇◇◇

ユミルがいなくなってから陛下は執務を完全に放棄した。フォンティーヌは尻ぬぐいに追われているようだ。クルトは陛下専属護衛の任を解かれた上に一か月の謹慎処分。

「テレイシアから何人か人をやりましょうか?」

フォンティーヌは忙しいだろうから、彼を呼び立てることはせずに執務室へ自ら訪ねて提案した。

それが意味することに瞬時に気が付いたフォンティーヌは頷くことに躊躇った。

人手が足りていないのも、今の陛下ではカルディアス王国の王として何もできないことは彼にも分かっている。だが、ここでテレイシアから人を受け入れると言うことはテレイシアに大きな借りができるだけではなく、下手をすれば乗っ取られることになる。

友好国とはいえ、知られてはまずい内情だってある。

それに先王とテレイシアの先王は友人関係にあったが、現国王同士にそんなものはない。

「私もそろそろ覚悟を決めないといけないということですね」

「英断を待っているわ」

すぐに決められないことは分かっているので一か月だけ猶予をあげることにした。

公爵が優秀な人材を全て左遷させてしまった為、王宮に残っているのは使えない人間ばかり。

だが、左遷させられた人間を呼び戻そうにもその殆どに拒否された。

今の国王には従うことはできないと。フォンティーヌが何度も頭を下げに各地へ赴いているが現状は変わらない。この国は、今、岐路に立っている。

「エレミヤ」

部屋に戻っている途中で、部屋に引きこもっていた陛下と会った。珍しい。あれ以来、ふさぎ込んでいたのに。

「お久しぶりです、陛下。もうお加減はよろしいのですか？」

「陛下など、他人行儀はよせ。俺たちは夫婦だろう」

「はい？」

今更何を。と思い、陛下を見ると彼の私を見る目がいつもと違って熱を帯びていた。

誰もが状況を理解できずにいる中、陛下だけは上機嫌に私に提案する。身の毛がよだつような提案を。

「これから一緒にお茶などどうだ？」

まるで人間に懐く犬のような姿で私に接してくる陛下は正直、気持ちが悪い。背後に控えているノルンとディーノから殺気を向けられているのに陛下は気づきもしない。

「申し訳ありませんが、遠慮させていただきます」

「なぜだ？　どこか具合でも悪いのか？」

心底、不思議そうな顔をされても困る。第一、どうして私があなたの誘いに乗ると思ったの。

「陛下と一緒にお茶をする理由がありませんので」

「何を言う。理由など要らぬだろう。俺たちは夫婦なのだから」

私に触れようと陛下が手を伸ばす。それを叩き落としたのはディーノだ。

「何をする」

眉間に皺を寄せて、怒る陛下にディーノは冷めた目で見下す。

「妃殿下の専属護衛として当然の任を果たしたまでだ。許可なく妃殿下に触れるな」

「俺は彼女の夫だぞ」

当たり前の権利のように怒鳴る陛下には、さすがに堪忍袋の緒が切れた。

「ふざけるなっ！」

私の怒号が部屋に響き渡った。

書き下ろし番外編

幼女エレミヤ（ハク視点）

俺の名前はハク。テレイシア王国国王に代々仕えている暗部の人間だ。

幼い頃から自分を殺して、訓練に明け暮れる日々。

国の汚いところも人の汚いところも嫌と言う程見てきた。人間は汚い。国は汚い。そんな奴らに仕える自分はもっと汚いとやさぐれた日々を送っていた若い時代があった。

そんな時、エレミヤ王女を目にした。

テレイシアの第三王女。

銀色の髪と青みのかかった目が陽光に当たる度にキラキラと光り、綺麗だった。上二人の王女も彼女のご両親も美しいのでエレミヤ王女も将来は引く手数多だろう。

そんな彼女は吹けば飛ぶような儚い姿を裏切るように剣を握り締めていた。

目の前にはテレイシアが誇る騎士団長がいる。剣の訓練だろう。

「やぁ」

可愛らしい掛け声を上げて騎士団長に向かっていく。

エレミヤ王女は騎士団長の容赦ない指導に必死にしがみついていた。

「王女様なのにボロボロだな」

エレミヤ王女がいるのは中庭。たまたま対面に位置する廊下を通り掛かったあれは侯爵家の三男坊とその取り巻きか。が、声を潜めながら何やら言っている。

王宮で大々的に言えないことでも言いあっているのだろう。俺は廊下の近くに生えている、中庭の木の上にいたので彼らの声は届かなかった。

ただ、諜報活動を多くしているので読唇術を習得済みだ。その為、声が届かなくても何を言っているかは分かる。

「スーリヤ様やフレイア様はあそこまでボロボロになってなかったよな」

「あの二人はまさに天才だからな。それに比べてエレミヤ様は」

エレミヤ王女は天才ではない。決して愚かではない。けれど二人の姉に比べたらどうしても霞んでしまうのだろう。

ああやって努力している姿さえ嘲笑の対象になるのは可哀想だなと思った。

ぼんやりとそう思うだけだった。

当時の俺にとってエレミヤ王女は、そんなぼんやりとしか思わない存在だった。

「適当にやればいいのに」

汗と土で服も顔も汚しながら必死になるエレミヤ王女を見ながら俺はそうぼやいた。

また別の日、エレミヤ王女は朝から晩まで勉強をしていた。

王族というのは平民や下級貴族が憧れるような優雅な生活とは程遠い。

この国の歴史やマナーにダンス、他国の言葉や風習、帝王学など様々なことを学ぶ。

それに加えテレイシアの王族は性別に関係なく武術を学ぶので他国の王族よりも多忙かもしれない。

エレミヤ王女は分からないところは分かるまで何度も家庭教師に聞いていていた。

「殿下、スーリヤ殿下やフレイア殿下なら一度でご理解いただけますよ。エレミヤ殿下には難しいですか？」

「……申し訳ありません」

怒られ、比較され、それでも彼女は努力を惜しまなかった。どうして、そこまで頑張れるのだろう。部屋の明かりはいつも遅くまでついていた。

遅くまで勉強している姿が外から見えた。

誰も気づかないのだろうか。

王族は愚者には務まらない。国民の生活を守る人たちだから。でも、天才である必要はない。秀才である必要もない。

人間なのだ。できないことは「できない」と口にすればいいし、得意な臣下に任せればいい。

人を上手く使うのも王族の仕事だ。

けれどエレミヤ王女はそうはなさらない。もちろん、人に頼むことはある。けれど基本的には一人で全てをこなそうとする節がある。

◇◇◇

「うるさい」

ある時、エレミヤ王女の部屋から声が聞こえた。

何事かと覗いて見ると部屋にはエレミヤ王女しかいなかった。

エレミヤ王女はクッションを殴ったり、蹴ったり、投げたりしていた。

普段、大人の言うことを聞き、何を言われても笑って受け流していたエレミヤ王女からは想像できない姿だった。

見られていることに気づいていないエレミヤ王女の奇行は尚も続く。

「何が『スーリヤ殿下みたいにできないのですか？』よ。『スーリヤ殿下ならこの程度、一度で理解しました』よ」

教師陣のものまねか？　上手いな。

「私はお姉様じゃないっ！」

そう言ってエレミヤ王女はクッションを壁に叩きつけ、テーブルに置いてあった紅茶を一気に飲み干した。王女としてはあるまじき行いだ。

まぁ、日ごろからあれだけ比べられていたら鬱憤も溜まるよな。

でも王女としてそれを表に出すことはできないだろう。

しかし、儚げで守ってあげたくなると貴族の男どもは言っていたけど、今見ている光景は彼らの幻想からかけ離れているな。

でも、お人形みたいに笑っているよりかはいいかもしれない。

感情がないんじゃないかと思いたくなるぐらい、何を言われてもさらりと流していたからな。

だから少し安心した。

彼女にも感情があることが分かって。

◇◇◇

「エレミヤ様、今日も美しいですね」

「ありがとう、モーリッヒ殿」

エレミヤ王女とどこかの貴族子息が廊下で話している。エレミヤ王女は友好的な笑みを浮かべているけど、彼のことはあまり得意ではないようだ。

俺は気が付けばエレミヤ王女のことを目で追っていた。

「そんなに気になるのか、末っ子の王女様が」

同僚から呆れられる程に。

「見ていて飽きないからな」

「どこが？　何を言われても笑って受け流して。面白みからかけ離れていると思うけどな」

「そうでもないさ」

普段あれだけお淑やかにしているのに、部屋に帰った途端にじゃじゃ馬姫に変貌する。そのギャップを見てしまうと彼女の猫かぶりが面白くて仕方がない。

あの笑っている裏で一体何を思っているのか。

想像しただけで笑ってしまう。

「あの男は、エレミヤ様の婚約者候補だな」

同僚がエレミヤ王女にバレない程度に身を乗り出して、廊下にいる男を見る。

「有力候補者なのか？」

「いや。お情けで入れてもらったって感じだったな。素行は悪いけど侯爵家の人間だからな。入れない訳にはいかないだろう」

「そうか」

あの男は何度か見かけたことがある。

エレミヤ王女に熱心に会いに来ているかと思えば、スーリヤ王女やフレイア王女にも話しかけていた。

スーリヤ王女は相手にしていなかった。フレイア王女は困ったような笑みを浮かべてはいたけど無言で護衛に彼を下がらせるように命じていた。

何としても王族の一員になりたい彼が三人の王女に粉をかけている状態か。

随分、度胸がある。

王族相手に不敬罪にされるとは思わないのだろうか。

エレミヤ王女は知っているのだろうか。自分の婚約者候補が他の王女も口説いていることを。

エレミヤ王女はああいう手合いのあしらい方はまだ慣れていないようで苦心しているようだった。

仕方がなく侍女や護衛が間に入っていた。


その日の夜もエレミヤ王女の部屋を覗くと案の定、エレミヤ王女は荒れていた。

「気持ち悪い！　気持ち悪い！　気持ち悪い！　気持ち悪い！」

部屋の中を歩き回りながらエレミヤ王女は両腕をさすっていた。

「何が『運命の相手』よ！　何が『あなたしかいない』よ！　『ともに幸せな家庭を築きましょ

う』？『美しい人』？　ふっざけるなぁっ！　知ってるんだからね。あんたがお姉さまたちにも同じことを言ってること」

あ、やっぱり知ってたんだ。

「知ってるんだから！　あんたがお姉様たちに相手にされない時だけ私にところに来ていること。知ってるんだから。あなたが私でも王族だから妥協しようとしていること。知ってるんだからね。仕方がないって思いながら私を口説いていること」

ソファーの上に転がったクッションを拳で何度も叩きながら悪態をつくエレミヤ王女の目には涙が溜まっていた。

エレミヤ王女はこぼれそうになる涙を袖で拭いながら言う。

「知ってるんだから。スペアにすらならない。必要のない王女だって、あなたが言っていること。知ってるんだからね」

スーリヤ王女もフレイア王女もとても優秀だ。このまま何の問題もなく行けばスーリヤ王女が間違いなく王位を継ぐ。フレイア王女はスーリヤ王女に何かあった時の為のスペアとして考えられている。

エレミヤ王女ももちろん、スーリヤ王女のスペア扱いになるだろう。

だけど、三番目の王女が王位を継ぐ可能性は極めて低い。だから愚者は彼女をいらない王女と考えている。実に愚かしいことだ。

大人しい猫を被っているエレミヤ王女。下町の子供のようにたまった鬱憤を晴らすように喚き散らすエレミヤ王女。彼女はいろんな顔を持っている。もちろん、それだけではないこともここ最近知った。

こそこそと朝食で出されたパンを隠し持ち、エレミヤ王女は中庭を人目を避けながら横断する。

ここ最近だけど、彼女は侍女を下がらせて部屋に籠る時間を作っている。

部屋の外には騎士が待機しているので、エレミヤ王女は窓から何枚か結んで長くしたシーツを垂らして上手に降りている。

王女が窓から脱出するとは誰も考え付かないだろう。ましてや普段、大人しいエレミヤ王女なら尚更。こんな、おてんば王女だとは思うまい。

エレミヤ王女は中庭の隅、茂みに隠している箱の中を覗き込む。そこには子犬が一匹いる。

どこから紛れ込んだのか分からないが、王宮の人間に見つかれば追い出されてしまうだろう。

「おいで」

エレミヤ王女は子犬を優しく抱きかかえる。隠して持ってきたパンとミルクを与えていた。

「可哀想に。お前のお母さんはどこに行ったんだろうね」

そう言ってエレミヤ王女は子犬の頭を撫でる。

貴族の令嬢は獣を嫌う。どんなに可愛い子犬でも虫けらのように見る令嬢もいる。汚らわしい獣と罵り殺されてしまう動物もいる。

そんな中で子犬に餌を与え、頭を撫でるエレミヤ王女は王侯貴族の中では慈悲の心を持った希少な存在だと思う。

部屋を抜け出している為、あまり長くはいられないのだろう。

子犬が餌を食べ終わるのを見届けると名残惜しそうにエレミヤ王女は部屋へ戻っていった。

王宮内なので問題はないと思うが念の為彼女が部屋に戻るのを確認した。

「仕事熱心ね、ハク」

「っ。ス、スーリヤ王女」

彼女は時々、王女ではなく自分たちと同じ人種ではないかと疑ってしまう。

いつからいたのか、気配を殺して背後に立たれていたスーリヤ王女に声をかけられるまで気づかなかった。

「王宮内で犬を飼うなんて。困った子ね」

バレてる。

子犬がいなくなったらエレミヤ王女はきっと悲しまれるだろう。でも、ここでずっと飼うことができないのも事実。分かってはいるのだが。

あの嬉しそうな顔が曇ってしまうと思うと、どうにかならないだろうかと思ってしまう。

「別に捨ててこいなんて言うつもりないわよ。私だってそこまで鬼じゃないわ」

俺の考えていることが読めたのか、スーリヤ王女は眉間に皺を寄せる。

「それにあの子は気づかれてないと思っているんでしょうけど、ここで子犬を飼っていることぐらい父上もあの子の専属侍女も護衛も知っているわよ」

まぁ、王女の行動に誰も気づかない訳ないよな。

「侍女たちがあの子犬の飼い主を見つけてきたわ。今日は一日中あの子犬と過ごすことを許してあげるつもりよ」

そう言ってスーリヤ王女は子犬を抱き上げて王宮内に入っていった。

なんだかんだ言ってみんな末っ子のエレミヤ王女に甘いのだ。

仕方がない。努力家で、優しく、おてんばで、可愛らしい性格をしているから。目が離せないのだ。

エレミヤ視点

私はテレイシアの王女。

私には二人の姉がいる。とても優秀な人たち。

「わんっ」

私の周囲を子犬がうろつく。侍女たちは子犬が調度品を壊さないかひやひやしているようだ。

しっかりと躾よう。部屋にあるものは全て高価なものだ。花瓶一つでも民の一か月分の食事代に相当すると家庭教師が言っていた。

「もし壊したら、一か月食事抜きね」と二番目の姉、フレイアが笑顔で言った。冗談か本気なのかは分からなかった。でも、絶対に丁寧に扱おうと思った。

「ロード、おいで」

「わんっ」

ロードと名付けたこの犬は城の庭に迷い込み、私がみんなに内緒でお世話をしていた。でも、一番目の姉、スーリヤに見つかってしまった。

怒られると身をすくめたけどあっさりと飼うことを許可された。

私はロードを抱き上げげた。ロードは嬉しそうに私の頬を舐める。

「可愛い」


「風が気持ちいね、ロード」

ロードとのお散歩は王宮内の庭だ。広いので散歩にはちょうどいい。

「最近、王宮内で獣臭がするのよね」

「……」

間に垣根があるので相手からは私の姿は見えない。

「エレミヤ殿下が犬を飼われたとか。それも庭に迷い込んだ、何の病気を持っているかも分からないような汚らわしい獣を」

「それ、本当なの？　ローレット」

「本当ですよ、エリザベス様」

ローレット・ホルスト伯爵令嬢、エリザベス・エネスコ公爵令嬢だ。

スーリヤお姉様とフレイアお姉様の周囲をうろついている。どっちに付くかは分からないけど、どちらかの取り巻きになるつもりなのだろう。

「エレミヤ殿下はお気楽でよろしいですわね」

「全くです。お二人は努力を惜しまないというのに。エレミヤ殿下は遊んでばかり」

そんなことない。二人に比べたら確かにすんなりと結果を出すことはできないけど、怠けた覚えはない。

声を大にして言いたかった。でも、声を荒げることは王女としてできなかった。

「犬が飼いたいと陛下におねだりしたそうですわよ」

そんなことしていない。こっそり飼っていたのは悪いとは思うけど。

「エレミヤ殿下の我儘には困ったものですわね」

「きゅん」

ロードが心配そうに私を見上げる。私はロードを安心させるように頭を撫でてやる。すると、嬉しそうに尻尾を振った。

「あら、随分と楽しそうな会話をしているのね」

ローレットとエリザベスの会話に第三者の声が入り込む。

「ス、スーリヤ殿下」

お姉様！

「あなたたち、今日はどうしたの？」

「父がお城に用がありまして、それについてきました。この季節の王宮の中庭は見事ですから、気に入っておりますの」

エリザベスは先程の会話を聞かれていなかったかと動揺しながらも平静を装って答えていた。

「そう」

穏やかなスーリヤお姉様の声に二人が明らかに安堵しているのが私でも分かった。

「私もこの季節の中庭は好きよ。息抜きにもちょうどいいし」

「そ、そうですか。スーリヤ殿下はいろいろとお忙しいですものね」

「おほほほ」とローレットは誤魔化すように笑う。

「ええ。お気楽なエレミヤと違ってね」

「っ」

会話は聞かれていたと悟った二人は息を呑む。

「王宮内で王族の悪口とは良い度胸ね」

「や、あの」

何とか誤魔化そうとしているけど彼女たちは何も発せなくなっていた。

「あなたたち、最近私やフレイアの周りをうろついているわよね。私たちとお友達になりたいのかしら？　でも、ごめんなさいね。私、立場も場所も把握できないお馬鹿さんたちとは知り合いになりたくないの」

「っ」

二人は顔を真っ赤にして立ち去った。

「力がなければ侮られる。隙があれば突っつかれる」

一人になったスーリヤお姉様は言う。私が隠れていることにスーリヤお姉様は気づいていたのだ。

「そなたが努力をしていることは知っている。だが、結果が全てだ。誰もその過程に興味を示さない。だって意味がないもの。『努力をした』、『頑張った』。だから何だという。それでも平民の暮らしが良くならなければ、戦争を回避できなければ。あるいは属国にされたら？　誰が王族を称える？　否。称える者などいはしない。結果を出せない王族は無能と断じられて処刑されるだけだ」

「……」

スーリヤお姉様の感情をともなわない声が私の心を冷たく凍らせていく。

「そなたは私やフレイアとは違う。凡人だ。ならば、私たちの倍は努力せよ。それをしても私とフレイアに敵わない。そのことで周囲に侮られるのならそれは努力が足りないからだ。いかに努力をしていても結果が伴わないのなら無意味。結果を出せる努力をせよ」

私は何も言えなかった。何も言えずに逃げ出した。


「……ロード」

あのまま食事もせずに寝てしまったようだ。いつもなら同じベッドで寝ているはずのロードの姿が見えない。

嫌な予感がして私は侍女たちに聞くが、見ていないという。

もしかしたら、侍女が寝室に入った隙に部屋から出ていってしまったのかもしれない。

私は城中を探し回った。

「ロードっ！」

「……くぅん」

ロードは備蓄庫の裏で傷だらけで倒れていた。傍にはエリザベスとローレットがいた。二人がロードを蹴り上げようとしていたところだった。

「私のロードに何をしているの！」

「これは、エレミヤ殿下、違いますのよ、この獣が私を噛もうとして」

「ロードはそんなことしないわ！　だいたい。こんなところで何をしているのかしら？　貴族の令嬢が来るような場所ではないわよ。迷い込んだなんて言わないわよ。あなたたちは毎日のように大臣である父親について登城しているんだから。王宮内なんて庭みたいなものでしょ。登城記録を見ればすぐに分かるわよ」

エリザベスは忌々しそうに私を睨みつける。私は二人を押しのけてロードを抱き上げた。息はあるようだ。

侍女にロードの手当てを頼む。

「たかが獣じゃない」

吐き捨てるようにローレットが言う。

「命であることに変わりはないわ！　自分よりも小さい、力のないものに手を上げるなんて随分と野蛮人なのね」

「言葉には気を付けられた方がいいですわよ。私は伯爵令嬢。スーリヤ殿下ならともかく、三番目の王女であるあなたに私を断じることはできなくってよ」

「あなたこそ勘違いしないで。伯爵ならともかく、伯爵令嬢でしかないあなたに私を断じることはできないわ」

「……」

暫く互いを睨みあったが、エリザベスは去っていった。ローレットは慌ててエリザベスについて行く。

ロードは暫く絶対安静とのことだった。

二人の令嬢に何らかの罰が下ることはなかった。王族のペットに手を上げたと言うのに。

私がスーリヤお姉様なら何かできたのかもしれない。

力も何もない私ではなく、スーリヤお姉様なら。

私は滲み出た涙を拭う。

◇◇◇

「……」

エレミヤ殿下が泣いている。

努力をしているのを知っている。彼女は決して凡人ではない。でも、圧倒的な天才を二人も姉に持ってしまうとどうしても霞んでしまうのだろう。

全ての努力が報われるなんて思っていない。努力をしたことに意味があるなんて綺麗事だ。だって、そう言いながら結果しか評価されないのを知っているから。

「……歯がゆいな」

彼女が飼っている犬に大事はなかった。しかし、彼女を泣かせたあの性悪女どもは今でもエレミヤ殿下を嘲笑いながらいつも通りの日常を送っているのだろう。

そう思うと腹の虫がおさまらない。でも、俺にはどうすることもできなかった。

俺はテレイシアの国王に仕えている暗部の人間。

私情で動くことは許されない。

私は泣いているエレミヤ殿下に背を向けてその場を去った。

私情では動けない。動かない。でも王族を守るのは俺の役目でもある。

あの勘違いした馬鹿な令嬢たちがこのまま何もしないとは限らない。第三王女の立場は王宮内では弱い。軽視する貴族もいるぐらいだ。

スペアですらないから。次期王になる可能性が低すぎるからという理由だけで。今回彼女に突っかかっていた連中もその類だろう。

「釘ぐらいは刺しておこう」

その為に邸に寄る。

そのついでに何か不正の証拠を見つけてしまったとしてもそれは仕方がない。

王に忠誠を誓った俺が見つけてしまった証拠を王に黙っている訳にはいかないからな。

ああいう連中はだいたいたい何かしらの不正をしているものだと長年、暗部を務めていた俺の勘がそう言っている。
「ホルスト伯爵とエネスコ公爵は運が悪いな。内密で俺が訪ねた時にお二人が不在で、たまたま使用人の手違いでデスクの上に不正の証拠が置かれていた。そしてたまたま俺が見つけてしまったのだから」

ホルスト伯爵、横領と武器密売で処刑。その家族は爵位を剥奪され、平民になった。まぁ、贅沢三昧が当たり前の彼女たちに平民の暮らしはできなかったようで、元伯爵夫人は餓死。元伯爵令嬢は心を病み、スラム街を不気味な笑い声を出しながらふらついているそうだ。

エネスコ公爵、横領と奴隷の所持で処刑。奴隷に関しては家族も関与していたのでともに処刑されたそうだ。

書き下ろし番外編

私の主（ノルン視点）

この世は地獄だ。

絶望から始まった私の人生。救い出してくれたのは兄だった。

でも私の存在が兄を苦しめる。

己が息をしていることすらも許せない日々が続いた。

ならば、さっさと命を絶ってしまえばいいのに。

でも生きてほしいと兄が望んでくれた。

全てを犠牲《ぎせい》にして私を救おうとしている兄を裏切ることはできなかった。

絶望の日々に終わりは見えない。

永遠に続くのだろうと思っていた。

そんな日々を終わらせてくれたのは兄が連れて来てくれた女神様だった。

本当は女神ではなく、人間で、しかも王妃様だった。

銀色の髪と青みのかかった瞳は神秘的で、儚げな容姿と相まって、宗教画に出てくる女神と言っても過言ではない。

強くて、優しくて、聡明な人。

それが私の主。

◇◇◇

「あぁっ！　もう！　腹が立つ」

部屋の中からかなきり声が聞こえる。

大声で喚くその声を私たち侍女は聞かないことにする。

この奇声の主こそが私たちの主、エレミヤ妃殿下だ。

エレミヤ妃殿下の夫であり、カルディアスの国王でもあるカルヴァンは正直に言おう。クソだ。

クソ以下の存在である。

彼には既に愛すべき恋人がいる。ユミルという人族であり、元平民だ。

あの女は元平民の癖に、何の役にも立たないくせにエレミヤ妃殿下よりも立場が上だと思っている。陛下の寵愛を失ったら終わりのガラクタ同然の存在のくせに。

後ろ盾になっている貴族だって用がなくなれば簡単にあの女を捨てるだろう。

陛下の寵愛以外何も持っていない哀れな女。そんなことにすら気づかない愚かな女。

私の大切な主を害する女に呪詛の言葉を心の中で呟いているとカルラがやってきた。

カルラがドアをノックする数分前には、ぴたりとエレミヤ妃殿下の怒鳴り声は止んでいた。

「失礼します」

私と同じエレミヤ妃殿下の専属侍女であるカルラは、無表情で何を考えているのかよく分からない。

カルラはいつも気が付いたらすぐ近くにいる。私の兄、エレミヤ妃殿下の専属護衛を任されているシュヴァリエが言っていた。カルラには気配がないと。

本当に何者なのかしら。

私はエレミヤ妃殿下に出す為の紅茶を載せたワゴンを押していたので、カルラと一緒に入室する。

エレミヤ妃殿下は窓際に置かれている丸テーブルのところにいた。

穏やかに微笑むエレミヤ妃殿下。先程まで荒れ狂う波のように声を荒げ、感情を発散させていた人とは思えない。

エレミヤ妃殿下はわが国の王とは違って、しっかりと王族としての教育を受けている為、感情を私たちに見せることはない。

いつもすましたような、どこか冷めたようなエレミヤ妃殿下を見ているのでとてもクールな方だと思っていた。

最初にエレミヤ妃殿下の部屋から彼女の怒鳴り声を聞いた時は驚いた。と、同時に安心した。彼女にもちゃんと感情があるのだと。

「エレミヤ殿下、紅茶を持ってきました」

「ありがとう、ノルン」

エレミヤ妃殿下は私の淹れた紅茶を一口飲む。

「ミントティーね。美味しいわ」

そう言ってにっこりと笑うエレミヤ妃殿下は、女である私でも思わず見惚れてしまう程美しかった。

陛下はどうしてこんなに綺麗で優しくて、聡明なエレミヤ妃殿下にぞんざいな扱いができるのでしょう。

きっと彼女は嫁いできたのがカルディアスではなかったら、夫となる男がカルヴァン陛下ではなかったら。大切にされて、いっぱい愛されて、幸せになれただろう。

運命とはなんと残酷なのだろう。

せめてあいつらが来ない間だけは、エレミヤ妃殿下が心安らかに過ごせるようにしよう。

「それで、カルラはどうしたの？」

「先程の、陛下と番様が非礼を働いた件で宰相様がお詫びをしたいと。明日、予定が空いていればこの城が誇る最高の庭を見せたいそうです。エレミヤ妃殿下はまだ訪れたことのない庭だと仰っていました」

「そう。フォンティーヌもそこまで気を遣わなくて良いのに。でも、お庭は是非見てみたいわ。明日は午後から空いていると伝えて頂戴」

「畏まりました」

カルラは一礼して部屋を出ていった。

「うふふ、楽しみね」

エレミヤ妃殿下は珍しく、心の底から楽しみだという笑みを浮かべていた。いつもは取り繕った笑みが多いのでとても貴重だ。

「ここに来てから全く外に出ていなかったからいい気分転換になるわ」

そう言ってエレミヤ妃殿下は楽しそうに窓の外を見る。その姿は年相応に見える。そういえばエレミヤ妃殿下はまだ十六歳だった。

彼女がとても落ち着いていて、達観して見えるから忘れがちだけど。

本来なら結婚に夢見る年頃なのだ。そう思うと胸が痛む。本当に、どうして彼女はここへ嫁いでしまったのか。

「テレイシアではよく、お庭に出られていたんですか？」

「ええ、そうよ。庭だけではないのよ」とエレミヤ妃殿下はまるでいたずらっ子のように笑った。

「こっそり城下に行ったこともあるの」

まるで内緒話をするように話してくださるエレミヤ妃殿下はとても可愛らしかった。そして見た目に反してとてもおてんばのようだ。

「機会があればここの城下もゆっくり観光してみたいけど、難しいでしょうね」

そう言うエレミヤ妃殿下はどこか寂しそうな目をしていた。

いっそのことフォンティーヌ様が陛下からエレミヤ妃殿下を奪ってくれたらいいのに。

男女の愛情は生まれなかったとしても、それでも陛下の妻でい続けるよりかはまだ幸せになれるだろう。

◇◇◇

「とても綺麗な庭ね」

翌日、約束通りにフォンティーヌ様がエレミヤ妃殿下を迎えに来た。

案内された庭は先王陛下が生前、妃に送った庭だ。今も大切に手入れをされ、王妃の希望により死後はみんなが好きなようにここを訪れることができるようになっている。

「先王妃様がとても気に入っていた庭ですから。今も手入れを欠かさず行っています。しかし、どんなに美しい花でも我が国の花であるエレミヤ妃殿下の前には色あせてしまいますね」

「えっ」

流れるようにフォンティーヌ様はエレミヤ妃殿下を褒める。まるで息を吸うように。

驚いた顔でエレミヤ妃殿下はフォンティーヌ様を見上げる。

フォンティーヌ様はとても美しい顔で微笑まれた。

エレミヤ妃殿下はみるみる顔を赤くして動揺される。

「お、お世辞はいいですわ。気を遣っていただく必要は」

フォンティーヌ様は何を言っているんだという顔をする。

「いいえ、本心ですよ」

「っ」

いつも冷静で落ち着いているエレミヤ妃殿下はあたふたした後、表情を繕えなくなったみたいで俯いてしまった。

エレミヤ妃殿下ともなれば褒められ慣れていると思っていたのですが、随分と初心な反応をする。

フォンティーヌ様の仰る通り、エレミヤ妃殿下はとても美しいです。そこらの花なんて路傍の石同様になってしまう。

けれどそれを抜きにしても王族という立場だけで誰もがご機嫌を取る為に彼女の容姿を褒めると思うのだけど、テレイシアでは違うのだろうか？

今の光景だけを見るとフォンティーヌ様がエレミヤ妃殿下に気があり、口説いているようにも見えるけど、それは違う。

フォンティーヌ様はちょっと天然なのだ。

思ったことをそのまま口にしただけ。そこに下心も何もない。だからこそ、エレミヤ妃殿下はここまで動揺してしまったのかもしれない。

エレミヤ妃殿下の夫があのぼんくらダメ陛下ではなく、フォンティーヌ様だったら良いのにと思ってしまった。

フォンティーヌ様も数多の令嬢から人気があり、エレミヤ妃殿下の隣に立っても遜色がない。

◇◇◇

今日のエレミヤ妃殿下はご機嫌だ。ここ最近、番様や陛下の件でイラついていた。

私たちの前では普段と変わらないご様子だったけど、退室するとかなり荒れまくっている。

使用人の手を煩わせるようなことをなさらないし、ものの価値も分かっている方なので無駄にものを壊すことはないけど。

部屋に戻ってエレミヤ妃殿下が休むとのことだったので、着替えを手伝いながら私はソファーにあるクッションを見る。

エレミヤ妃殿下が故郷から持ってきたものだ。

ボロボロで随分と使い古されている。

まぁ、あのクッションはエレミヤ妃殿下の怒りを受け止めているクッションなので仕方がない。

そろそろ新しいクッションを買っておこう。

エレミヤ妃殿下が気にされないように安いものが良いだろう。

この方は王族だけど、贅沢は好きではないようで、実際に怒りに任せて殴っているクッションも平民が気軽に買えるものだ。

「エレミヤ」

「きゃっ」

着替えの途中で陛下が兄を振り切って部屋に入ってきてしまった。

私は慌ててシーツでエレミヤ妃殿下の下着姿を隠す。

「陛下、着替え中に入ってくるなんて」

下着姿を見られたせいでエレミヤ妃殿下はわなわなと震えている。

夫婦の契りすらしていないのだから動揺するのは当然だ。

「ふん。貴様の体なんぞに興味はない」

「そういう問題ではありません！　着替えるので出ていってください」

「なっ！　貴様、王に向かって出ていけだと」

いきり立つ陛下を無視してエレミヤ妃殿下は兄に命令をする。兄は着替え中のエレミヤ妃殿下がいる部屋に入ることに一瞬躊躇ってはいたが、すぐに職務を全うすべく入ってくる。

極力見ないようにエレミヤ妃殿下から視線を外して、怒鳴り散らす陛下を無理やり外に連れ出す。

「あの女が自意識過剰なんだろ！　俺はユミル一筋だ。あんな女に興味はない。だいたい俺が入ってきた時に着替えているあの女が悪いんだろ。貴様は善悪の区別もつかないのかっ！」

兄に追い出された陛下が部屋の外でぎゃあぎゃあ騒いでいる。声が大きいせいで全て丸聞こえだ。

随分と理不尽な言葉だ。

エレミヤ妃殿下を見ると、怒りで体を震わせていた。いつもは平然と聞き流しているのに。下着姿を見られたのがよっぽどショックだったのだろう。

「妃殿下」

「……ふぅ」

何度か深呼吸をした後、エレミヤ妃殿下は私の知るいつものエレミヤ妃殿下に戻っていた。

「急いで準備をお願い」

「畏まりました」

私は手に持っていた部屋着を仕舞い、別のドレスを手に取る。

どんなにクズだろうと、常識知らずだろうとカルヴァンはわが国の王。待たせる訳にはいかない。

急いで準備を終わらせ、エレミヤ妃殿下と一緒に客間へ行く。

「遅い」

不機嫌な顔でソファーにふんぞり返っている陛下。ぶん殴りたくなりますね。でも、私は侍女。

エレミヤ妃殿下の顔に泥を塗る訳にはいかないのでお茶の準備をする。

「茶は要らない。貴様の侍女が用意した茶など飲めるか。何が入っているか分からないからな」

ああ、いけない。この茶器は私の給料一か月分のものだ。叩き割らないように気を引き締めなければ。

「まさか、お茶が出ると思っていたんですか？　彼女が用意してるのは私のお茶ですよ。ノルン、お茶をお願い」

「畏まりました」

「ここは客に茶も出さないのか」

要らないと言ったのはそっちでしょう。出したら文句、出さなくても文句。本当に面倒な男。

「前触れもなくやってきて、おまけに淑女の着替え中に無遠慮に入ってくる。そのことに謝罪もしない人に言われたくはありませんね」

「わざとではない」

「わざとでなければいいという問題ではありません。あなたの言い分は常々、思うのですが。わざとでなければ何をしても許されると勘違いしているのではありませんか」

「王は気安く頭を下げたりはせん。そんなことも知らないのか。ああ、お前は末の王女だったな。ふん」

「それが何か」

「っ」

末の王女だから王族の流儀も分かっていない出来損ない。陛下は今、そう言ったのだ。

思わず殺気を飛ばしそうになってたけど、エレミヤ妃殿下に一瞥され、止められた。

平静に、平静にならなければ。

「話がある。ついてこい」

「ここではできない話ですか？」

「どこに誰が聞いているか分からないからな」

エレミヤ妃殿下と陛下は王宮の庭の最奥にある東屋に向かった。そこは王族しか入れない場所で、護衛すらも入ることは許されないとかで私と兄は東屋に入れなかった。

東屋に行くには私の前にある長い生け垣を通らなければいけない。せめてお姿だけでも見られたのなら安心するのに。

私たちのところから東屋まではまだ距離があるようで何も見えない。エレミヤ妃殿下は立場上あまり陛下に逆らえないし。私たちのことも考えて陛下に従ったけど本当に二人きりにして大丈夫だったのか。

無理にでもついていくべきだったのではないかと不安になる。それは兄も同じようで睨むように東屋の方角を見ている。

「ねぇ、遅すぎない？」

「ああ。もう二時間は経っているな」

何かあったのだろうかと私と兄は顔を見合わせた。するとどたどたと慌しい足音が一つだけ聞こえてきた。

顔色が青ざめた陛下一人。後ろにエレミヤ妃殿下の姿は見えない。私たちの不安は的中してしまった。

「ユミルが連れ去られた」

「はぁ？」

「だから、ユミルが連れ去られたのだ」

ユミルって番様？　何で番様？　エレミヤ妃殿下は？　どうしていないの？　連れ去られた？　どういうこと？　意味が分らない。

それは兄も同じだったようで私よりも早く混乱から抜けきった兄は落ち着いた声で陛下に聞く。

「陛下、エレミヤ妃殿下と二人きりで話をしていたのではないのですか？　なぜ今、番様の名前を出されるのですか？」

「ユミルがエレミヤと誰にも聞かれたくない話があると言っていたので俺が場を設けたのだ。ユミルの名前を出してはエレミヤが断るかもしれないと思って敢えてあの場では伏せた。あの女は分不相応にもユミルに嫉妬していたからな。危害を加える可能性も危惧して私が同席していただけだ」

んな訳ねぇだろ。なんでエレミヤ妃殿下があの娼婦みたいに媚を売ることしかできないバカ女に嫉妬するんだよ。頭に蛆《うじ》でもわいてるんじゃないの。

私は怒りのあまり決して口にはできない汚い言葉で陛下を心の中で詰った。

「事情は分かりました。先程、番様が連れ去られたと言っていましたが、それはエレミヤ妃殿下もですか？」

「それがどうした？　大事なのはユミルだ。さっさとユミルを助けろ」

最悪。最低。エレミヤ妃殿下はあんたの妃でしょ。分かっていたけど、真っ先に心配するのがユミルだなんて。

この男はユミルさえ無事ならエレミヤ妃殿下がどうなっても構わないのだ。

「分かりました」

ここで言い争っている暇はないので、兄がユミルを助けると表向きは承諾した。実際に助けるのはエレミヤ妃殿下だけど。

陛下と同じだ。私たちにとってエレミヤ妃殿下が無事ならユミルがどうなろうが構わない。いっそのこと、死ねばいい。そうすれば少しはエレミヤ妃殿下の憂いも晴れるというもの。生きていたってどうせ害悪にしかならないのだから。

エレミヤ妃殿下のお許しが出れば私が賊に見せかけて殺しても良い。まぁ、お優しいあのお方が私にそんな命令することはないだろうけど。

もしユミルを殺す必要があるのならエレミヤ妃殿下は必ず自分の手で殺すだろう。どこまでも甘い人だ。でも、私も兄もそこに救われ、そして惹かれたのだ。

エレミヤ視点

さて。ユミルの馬鹿に邪魔されたせいで私まで誘拐されてしまった。

あの女が私を突き飛ばさなければ私が賊に捕まることはなかったのに。

というか、あの東屋の近く裏口があったなんて。手入れされていないせいで草木が伸び放題で陛下すら気づいていなかったようだ。

たぶん、先王陛下が亡くなられた後使うこともなかったから、そのまま放置されていたのだろう。そして見えなくなった裏口は忘れ去られ、警備の者が誰もつかなくなった。あるいはジュンティーレ公爵辺りがやましいことに使う為に敢えてそうしたのか。

というか、陛下弱かったな。自分の番ぐらい守り抜きなさいよね。

あんなところまで呼び出されて何の話かと思えば「意地悪は止めて」とか「どうしてそこまで私を嫌うの」なんてどうでもいい話ばかり。

挙句の果て、私の名誉を傷つけない為にあの東屋に呼び出したとか。

そんなユミルを心優しいと褒めていた陛下のだらしない顔。思い出すだけでも殺意が湧くわ。

「くすん。どうして、どうして私がこんな酷い目に遭わないといけないの」

私と同じように縄で縛られ転がされたユミルはずっと泣いている。

正直、うざい。

「神様、どうかお助けください。私、こんな目に遭うような酷いことしていないわ」

いやいや、結構してるでしょう。今日だって私があなたを苛めているとか訳の分からない濡れ衣を着せてきたじゃない。

言っておくけど、あれ下手したら死刑か国外追放だからね（私が）。

あなたが平民ではなく正式な正妃ならの話だけど。でも、あの男ならあのまま話が続いていたらそうなっていたかもね。

そうしやすいようにユミルは多分、人目のない東屋を選んだ。

こういうところは用意が良いのね。もっと別のところで発揮してほしいわね。

ああ、良かった。外れたわ。

女というだけで身体検査されなかったのはラッキーだったわね。私は隠し持っていた小型ナイフで縄を切った。

ここはどこかの小屋のようだ。随分ぼろい。強風で吹き飛ばされそうだ。

私とユミルを誘拐した犯人は隣の部屋に居るようだ。先程から漏れ聞こえる声から察するに今の王に不満がある連中の仕業だろう。

まぁ、陛下とユミルの考えなしの贅沢三昧のせいで物価や税が上がっているから。それに私が流した噂が起爆剤になったってところかな。

「ユミル、大声を出さないでね。今から縄を切るから」

「全部あんたのせいでしょう！」

あまりの恐怖にユミルが私に当たってくる。

「ユミル、声が大きいわ。抑えて」

「あんたと居ると本当に碌なことがない」

それはこっちのセリフ。

「うるせぇぞ」

ほらね。

ユミルが大声を出したせいで隣にいた男たちが来てしまった。男たちは私の縄が解かれていることに驚いている。

◇◇◇

「エレミヤ殿下っ！」

何とか犯人の足取りを掴んだ兄がエレミヤ妃殿下を無事に救出。ついでに番様も。

やっぱり生きていた。

「妃殿下、血が」

兄と一緒に帰ってきたエレミヤ妃殿下の顔と服には血がついていた。まさか、どこかお怪我を？

「全部返り血よ。怪我はしていないわ。強いて言うのなら縄で縛られていた箇所がヒリヒリするかな。あの人たち力加減が全くできていなかったから」

エレミヤ妃殿下の言葉に私は安心しました。

「それよりもシュヴァリエ、下ろしてくれないかしら。さすがに人前では恥ずかしいわ」

エレミヤ妃殿下は兄にお姫様抱っこされている。

「このままお部屋まで運ばせていただきます」

「でも」

「怪我はなくともお疲れでしょう。このまま運ばせていただきます」

にっこりと笑う兄。だけどその笑顔に有無を言わせない威圧を感じる。兄は頑固なのでこの場でエレミヤ妃殿下が何を言っても笑顔で一蹴するだろう。

それが分かったのかエレミヤ妃殿下は諦めたようだ。

「……はい」

赤く染めた顔を隠すようにエレミヤ妃殿下は俯いてしまった。

可愛らしい人だ。

それにエレミヤ妃殿下が無事で良かった。

「ユミル、大丈夫か」

「カルヴァン、怖かったわ」

「ああ、ユミル。すまなかった。俺が不甲斐ないばかりに」

本当にそうですよ。エレミヤ妃殿下まで巻き込んで。

私と兄は二人のくだらない寸劇を無視して王宮の中に入る。早く、エレミヤ妃殿下を休ませなくては。

「妃殿下」

「フォンティーヌ」

「どこかお怪我を？」

「いいえ、大丈夫よ」

顔を青ざめさせながら駆け寄ってきたフォンティーヌ様はエレミヤ妃殿下の言葉に取り敢えずはほっと息をつく。

「申し訳ありません。妃殿下を危険な目に遭わせてしまい。あの裏口は封鎖しました。破壊して瓦礫で埋めていますし、念の為警備の者をつけていますのでもう二度とこのようなことがないようにします」

「ええ。お願いね」

「はい」

フォンティーヌ様も本当に苦労が絶えないわね。同情するわ。彼は生まれてくる国を間違えたのだと。

「ノルン」

兄はエレミヤ妃殿下を部屋に送り届けた後は外で護衛をしている。

私はエレミヤ妃殿下の湯あみと着替えを手伝い、今はベッドに横たわるエレミヤ妃殿下についている。

彼女の手をずっと握っているのだ。

不思議そうな顔をされてしまった。

「今日はいろいろあったので暫くはこうさせてください。妃殿下が戻って来られたのだと実感したいのです」

嘘だ。でも、こう言った方がエレミヤ妃殿下の負担にはならない。嘘も方便だ。

「心配をかけたわね。あなたの気がすむまでいてくれて構わないわ」

「はい。ありがとうございます」

私は深い寝息を立てるエレミヤ妃殿下を見つめた。

妃殿下、あなたは気づいていなかったようですね。

ずっと小刻みに体を震わせていたことも。青い顔をしながらそれでも歯を食いしばり、耐えていたことに。

お優しい私の大切な主。

たとえ、あなたを害そうとした賊でもその命を奪うことを躊躇われた。

仕方がないと分かっていても、命の重さを誰よりもご存じなあなたは奪った命の重さに罪を感じるのですね。

ならばその罪は私たち使用人の罪でもあります。

あなたの手を汚させてしまった。あなたを守れなかった私たちの罪です。

「たとえ、世界中の誰もがあなたを非難しようとも。たとえ、世界中の人間が敵に回ろうともお傍にいます。あなたは私の、私たち兄妹の大切な主」

強くて、優しくて、聡明で、そしてとても可愛らしい人。

それが私の主。

あとがき

はじめまして、音無砂月です。

この度は本作を手に取っていただきありがとうございます。いかがだったでしょうか？　みなさんの満足のいく作品になっていたら嬉しいです。

今回初の『番』が出る物語にしました。

『番』のせいで周囲が振り回されるというのを書いてみたいなと思い、書いてみました。

獣人族の本能によるものなので仕方がないのかもしれませんがああいう王様は困りますよね。『番』の願いは何でも叶えたい、『番』第一なのは仕方がないかもですが他国の王女様を蔑ろにしたり、貶めたりしてよく戦争にならないものです。

獣人族の王様全員がカルヴァンみたいに『番』に振り回されていたら、自滅して、消える国が多いでしょうね。そうなるともう『番』はただの呪いですね（笑）。

エレミヤのキャラは最初クールにしようと思っていました。けれど、思い付きで書いていくうちに何だかツンデレキャラみたいになってしまいました。

クールで格好いいキャラの予定だったのに……。

でも、当初予定していたキャラよりも親しみやすいキャラになったような気がします。

ｉｙｕｔａｎｉ様に描いてもらったキャラのデザインもとても素敵で、それぞれのキャラを主人公にした話を書いてみたいと思いました。

iyutani様、素敵なデザインをありがとうございます。

iyutani様に描いてもらったフォンティーヌは思った以上に腹黒いキャラに見えます。

今回、フォンティーヌが一番苦労していると思うので素敵な彼女を見つけて幸せになってほしいです。

馬鹿な主を持つと大変ですね。下手をしたら連座処分されそうで怖いです。

彼には胃薬が必要なような気がします。

考えなしの馬鹿な王様でも彼がいるから潰れずにやってこれたんでしょうね。彼がいなかったら自滅して、とっくに消えていたでしょうね。その方が世の中の為なような気がします。

竜族は強くて賢くて格好いいキャラで描かれていることが多いですが今回は読めば読む程竜族の馬鹿っぷりが明らかになっていきます。かなり脳筋なキャラですね。

そんな馬鹿ばかりなので彼がとても格好いいキャラのような気がします。彼のキャラは私もとても気に入っているのでエレミヤと一緒になるのも悪くないかなと思ったりもします。

実際、どうなるかは二巻をお待ちください。二巻も皆様に楽しんでいただけるような作品になるように精進します。これからもよろしくお願いいたします。

運命の番《つがい》？
ならば
その赤い糸とやら
切り捨てて
差し上げ
ましょう
Threads of Fate? Well Then, I Shall Cut It Off.
エレミヤ

コミカライズ
二〇二〇年連載開始！

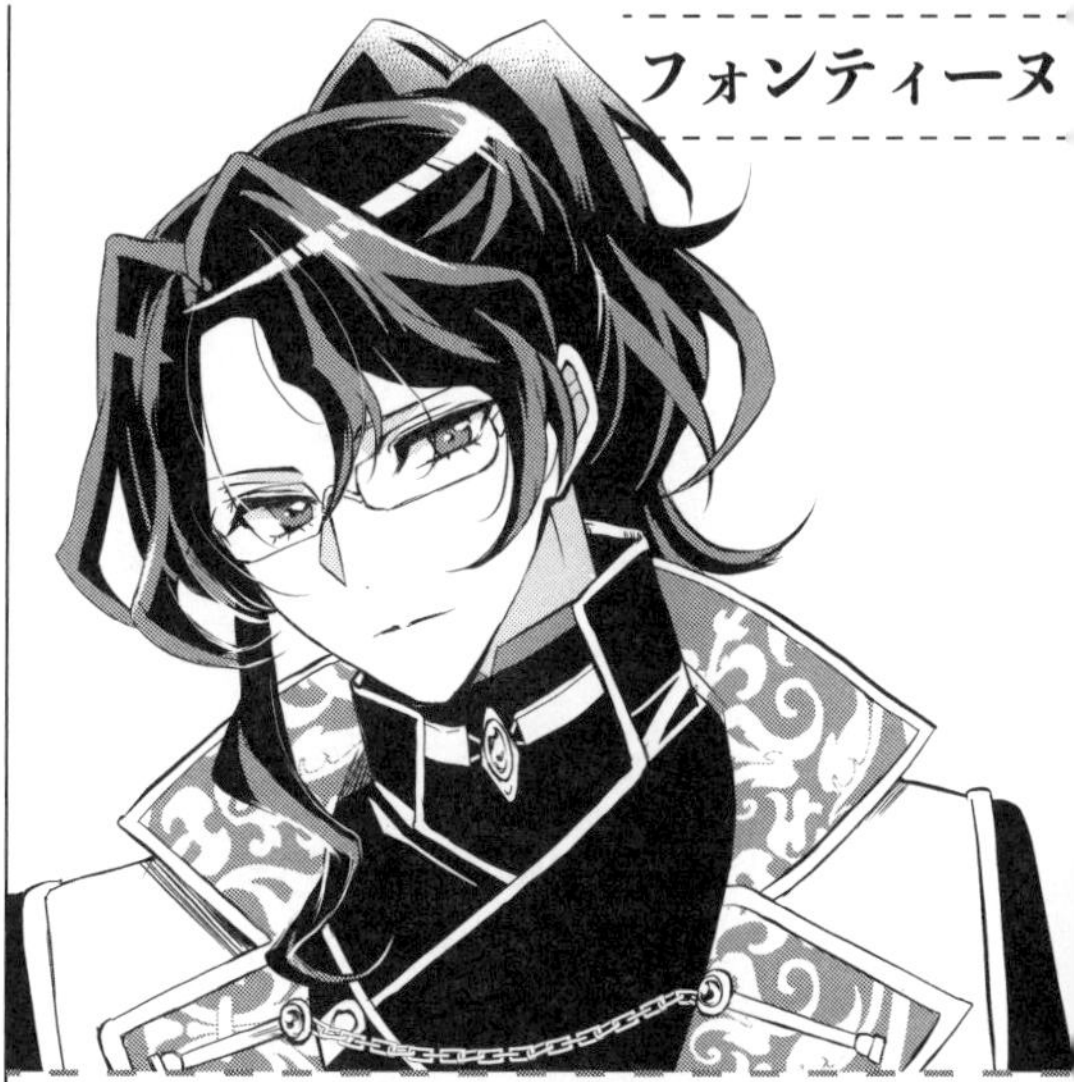

漫画：南澤久佳
原作：音無砂月
キャラクター原案：iyutani

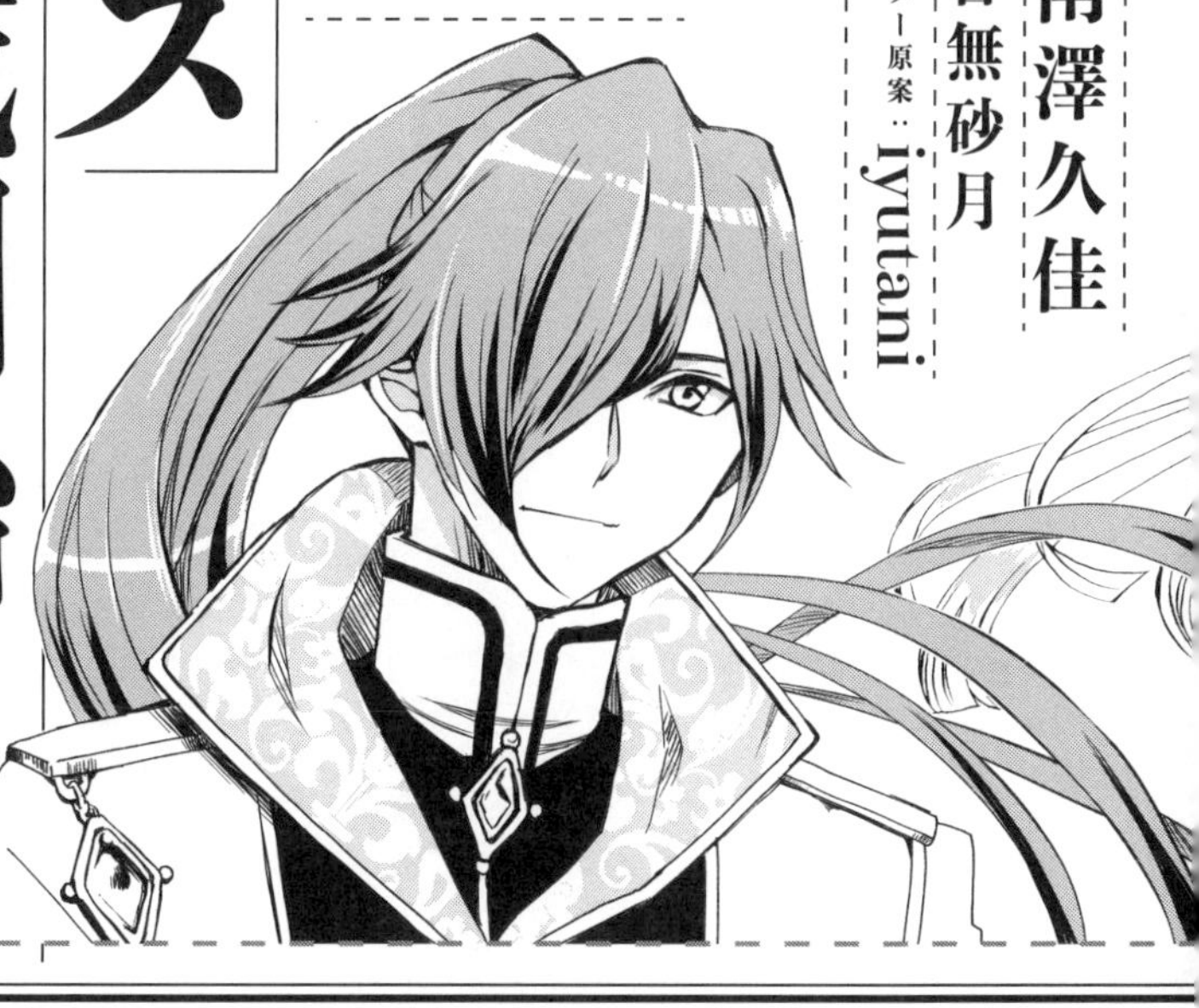

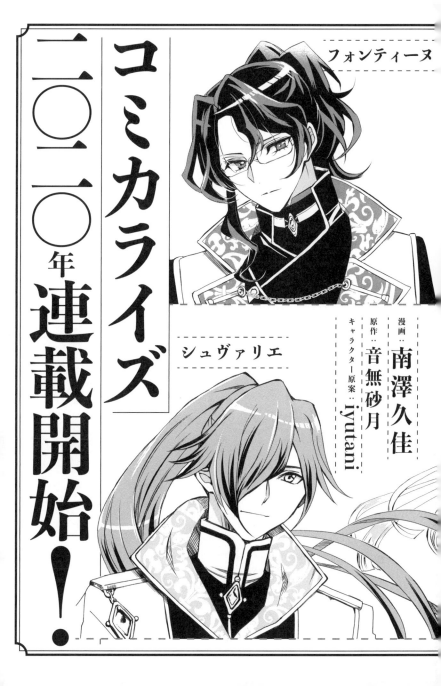

運命の番《つがい》？
ならばその赤い糸とやら切り捨てて差し上げましょう

2020年9月1日　第1刷発行

著　者　音無砂月

発行者　本田武市

発行所　TOブックス
〒150-0045
東京都渋谷区神泉町18-8　松濤ハイツ2F
TEL 03-6452-5766（編集）
0120-933-772（営業フリーダイヤル）
FAX 050-3156-0508
ホームページ　http://www.tobooks.jp
メール　info@tobooks.jp

印刷・製本　中央精版印刷株式会社

ISBN978-4-86699-031-6